CHARLES DE FOUCAULD

# DER LETZTE PLATZ

*SIGILLUM*

*8*

CHARLES DE FOUCAULD

# DER LETZTE PLATZ

AUFZEICHNUNGEN

UND BRIEFE

AUSGEWÄHLT, ÜBERSETZT

UND EINGELEITET VON

MARTHA GISI

JOHANNES VERLAG EINSIEDELN

7. Auflage 1979
Mit kirchlicher Druckerlaubnis

Hergestellt in den Werkstätten der
Verlagsanstalt Benziger & Co. AG., Einsiedeln
ISBN 3 265 12009 0

# INHALT

EINLEITUNG

DEMUT

GEBET

GEBET UND APOSTOLAT

APOSTOLAT DURCH GEGENWART

SCHWIERIGKEITEN IM APOSTOLAT

SELBSTHEILIGUNG

WAHL

ARMUT

GEHORSAM

KREUZ

LIEBE

ANHANG

# EINLEITUNG

Vierzig Jahre nach seinem Tod in der Wüste beginnt die Welt aufzuhorchen angesichts der Botschaft, die Charles de Foucauld ihr mit seinem Leben zu bringen hatte.

Dieses Leben* nimmt seinen eigentlichen Anfang im Herbst des Jahres 1886, als eines Tages der achtundzwanzigjährige Vicomte de Foucauld die Kirche St. Augustin in Paris betritt, um sich von einem bekannten Geistlichen über Fragen des Glaubens belehren zu lassen. Anstatt sich auf lange Erörterungen einzulassen, öffnet der Geistliche kurzerhand den Beichtstuhl und fordert den jungen Mann auf, seine Sünden zu bekennen. Darauf führt er ihn zur Kommunion, und alle Fragen sind gelöst. Nach Jahren eines bewegten, ausschweifenden Lebens ist Charles de Foucauld zum Glauben zurückgekehrt und beginnt unverzüglich nach der Erkenntnis zu leben, die ihm in diesem Augenblick geschenkt worden ist. Es ist die blitzartige Erfahrung der alles überwältigenden Liebe Gottes und das selbstverständlich daraus aufsteigende unbedingte Verlangen, diese Liebe zu erwidern, so wie es einem Menschen möglich ist und wie die Liebe Gottes selbst es wünscht, als liebende Nachfolge des geliebten Herrn.

Man könnte in Versuchung kommen darauf hinzuweisen, daß diese Bekehrung in das gleiche Jahr fällt wie diejenige Claudels. Aber die beiden Ereignisse nebeneinanderstellen heißt schon, den großen Unterschied aufzeigen, der zwischen ihnen besteht. Die strahlende Weihnachtsvision Claudels bedeutet für ihn den Anfang eines ununterbrochenen menschlichen Aufstiegs und einer Entfaltung seiner künstlerischen Persönlichkeit, die den kirchlichen Raum zeitweise fast zu sprengen droht. Die an sich völlig unscheinbare, normale Bekehrung Foucaulds findet ihre Fortsetzung in einem Abstieg der Persönlichkeit von Stufe zu Stufe bis

* Vgl. den kurzen Lebenslauf im Anhang S. 91.

zum restlosen Eingehen und Verschwinden in der Gemeinschaft der Heiligen.

Denn die Berufung zur liebenden Nachfolge bedeutet für Charles de Foucauld in erster Linie eine stetig wachsende Teilnahme am Leben des menschgewordenen Gottes, des unscheinbaren, mißachteten, erniedrigten, gedemütigten, erfolglosen Herrn. Ihm will er gleich werden, «denn die Liebe verlangt nach der Nachahmung», und aus dieser unbedingten Demut muß der weitere Verlauf seines Lebens gedeutet werden.

Daß der Herr ein für allemal den letzten Platz eingenommen hat, wird der liebenden Betrachtung Foucaulds immer klarer, und daß Er ihn an diesem letzten Platz bei sich haben will, wird ihm vom Herrn immer deutlicher gezeigt. Vom Tage seiner Bekehrung an ist Foucauld auf der Suche nach diesem letzten Platz; jeder seiner Aufenthaltsorte ist jeweils der Platz, der ihm als der letzte erscheint, bis ihm der Herr einen noch niedrigeren zeigt und ihn hinabrücken heißt. Dann folgt er unverzüglich, allerdings nicht ohne das Einverständnis seines Beichtvaters, des Abbé Huvelin aus St. Augustin in Paris, dem er bis zu dessen Tod genau Rechenschaft über sein geistliches Leben ablegt und in allem bedingungslos gehorsam ist. Trotzdem geht er im Grunde genommen seinen außergewöhnlichen Weg ganz allein, offensichtlich einer unablässigen innern Führung gehorchend.

Nach seinem Eintritt in den Zisterzienserorden trachtet er als Frère Marie-Albéric sieben Jahre lang danach, in allem dem erniedrigten Herrn gleich zu werden. Aber schon bald spürt er, daß diese Form des Klosterlebens nicht seiner Berufung entspricht. Denn in jener Zeit der Vorbereitung sieht er immer klarer, daß die besondere Art seiner Nachfolge darin bestehen soll, das verborgene Leben des heranwachsenden Herrn in *Nazareth* zu führen. Von diesem persönlichen Ruf ist er sein ganzes Leben lang überzeugt, mit einer Selbstverständlichkeit, die von vornherein jeden Zweifel ausschließt und ihm erlaubt, sein Ziel mit einer unbedingten Entschlossenheit aus allen seinen Kräften zu verfolgen.

Aus den Briefen jener ersten Zeit an seinen Beichtvater wird ersichtlich, daß Foucauld zunächst an eine mehr äußerliche Verwirklichung denkt. Schon damals taucht in ihm der Plan auf, einen Orden zu gründen, dessen Glieder in allen Teilen das Leben eines armen Handwerkers ohne Ansehen führen sollen. Seine Obern und sein Beichtvater geben sich alle Mühe, ihm das Ganze als Versuchung auszureden, bis sie endlich angesichts seiner geduldigen Beharrlichkeit nachgeben und ihm erlauben, nach Palästina zu reisen, wo er in Nazareth als geringer Knecht im dortigen Haus der Klarissinnen Aufnahme findet. In einer kleinen, an die Klostermauer angelehnten Hütte verbringt er drei Jahre in ununterbrochener Betrachtung des Evangeliums, wobei er seinen Unterhalt durch Handreichungen an die Klosterfrauen verdient: sein eigentliches Noviziat. Die Aufzeichnungen aus jener Zeit, Betrachtungen über das Leben Jesu und der Menschen in seiner Umgebung, sind von einer Unmittelbarkeit der Schau und einer Ursprünglichkeit der Liebe, daß sie an die Sprache der mittelalterlichen Mystik erinnern. Oft wird die stundenlange Anbetung zum Zwiegespräch mit dem Herrn, in dem Foucaulds Anschauungen über das geistliche Leben immer mehr geklärt, geläutert und in die Geheimnisse der Menschwerdung eingeführt werden. Dabei reift in Foucauld auch die Erkenntnis, daß er nicht länger aus Demut die Priesterweihe ablehnen dürfe, und aus diesem Grunde kehrt er nach Frankreich in das Zisterzienserkloster zurück, wo er aber nicht mehr als Frère Marie-Albéric, sondern als Charles de Jésus, nicht mehr als Glied der Kommunität, sondern als ein vom Herrn zu seinem unmittelbaren Dienst Herausgerufener zum Priester geweiht wird.

Wieder legt er seinem Beichtvater die Auffassung über das Leben in Nazareth vor, das er zu führen gedenkt: jetzt nicht mehr am äußerlichen Ort, sondern am geistigen, in

Afrika, bei den Mohammedanern, bei den Armen im Geist, die er durch seine unauffällige Gegenwart in Berührung mit dem Evangelium bringen möchte. Schweren Herzens, mehr gedrängt als überzeugt, läßt Abbé Huvelin sein unbeirrbares Beichtkind ziehen. Die Bekanntschaft mit Mohammedanern und ihrem Glauben ist vor zwanzig Jahren der Anstoß zur Besinnung und zur Rückkehr zum eigenen Glauben gewesen, und jetzt kommt Charles de Jésus zurück, um hier sein Apostolat auszuüben. Denn während seines Aufenthaltes in Palästina ist ihm der Sinn des verborgenen Lebens von Nazareth als heiligende Gegenwart unter den Menschen klar geworden; er hat erkannt, wie sich das Leben des Gebetes in den Dienst am Mitmenschen öffnen muß; die Liebe zu Gott hat ihm den Weg zur Nächstenliebe gewiesen. In der Wüste, der Einsamkeit vor Gott, unter den Heiden, seinen Mitmenschen, will er versuchen, beides, Gottesliebe und Nächstenliebe, zu vereinen, indem er sich als verborgener Arbeiter zu den Armen begibt, wie Christus es in Nazareth getan hat. Von diesem Moment an hat er seinen Weg gefunden; hier ist der letzte Platz, arm und verborgen, einsam und ausgeliefert, und er ist glücklich dabei. Fünfzehn Jahre lang lebt er in der Wüste als Einsiedler unter den Nomaden des Hoggar, jederzeit für sie da, ihre Lebensweise, ihre Sprache, ihre Dichtung studierend, im Gespräch mit ihnen, Tag und Nacht hilfsbereit, einer der Ihren geworden.

Am Anfang hegt Foucauld noch die Hoffnung, aus Europa einige Gefährten zu bekommen, die sein Leben teilen und mit ihm zusammen eine kleine Klostergemeinde bilden würden, aus der sich später der Orden entwickeln könnte, den er gründen will. Aus Briefen an seine Freunde spricht seine große Sehnsucht nach Helfern, und wenn es nur ein einziger wäre. Einmal unternimmt er den Versuch, einen Berber für seinen Plan zu gewinnen; er unternimmt sogar zu dessen Ausbildung eine ausgedehnte Reise nach Europa mit ihm; alles vergeblich, sein Schützling verläßt ihn wieder, in Europa findet sein Ruf kein Echo, er bleibt allein. Seine Anstrengungen bringen ihm nichts als Enttäuschungen, eine nach der andern, bis er versteht, daß auch dies zu seiner Sendung gehört und er als letztes gerade seinen Plan einer Ordensgründung, von deren Notwendigkeit er felsenfest überzeugt ist, aufgeben muß. Er selbst aber führt unentwegt ein Leben strengster Abtötung, mit geregelten Gebets- und Arbeitszeiten; endlich bekommt er auch die Erlaubnis, allein Messe zu lesen, nachdem er jahrelang hat darauf verzichten müssen, und in seiner kleinen, selbstgebauten Kapelle einen Tabernakel mit dem Sakrament aufzustellen.

So geht er dem Tag entgegen, den er längst vorausgeahnt und gewünscht hat: Aufständische Fellachen dringen in seine Behausung, reißen ihn vor die Türe, fesseln seine Hände und werfen ihn zu Boden. Während er sich schweigend aufrichtet zum Beten, stürmen die Aufrührer plündernd durch die Räume des Hauses; in dem Augenblick nähern sich zwei Soldaten aus einem benachbarten Fort. Foucauld macht eine unwillkürliche Gebärde, um sie zu warnen, und die Wache, die bei ihm zurückgeblieben ist, greift zum Gewehr und jagt ihm eine Kugel durch den Kopf. Er wird notdürftig begraben, seine Leiche später in El-Golea beigesetzt.

Nachfolger hinterläßt Foucauld keinen; aber unter seinen Schriften finden sich, neben einem vierbändigen Wörterbuch der Tuareg-Sprache und einer Gedichtsammlung, fünf Entwürfe zu einer Ordensregel, drei Pläne für eine Klosteranlage und vor allem mehrere Bände Betrachtungen und Briefe, welche in ihrem Kern alle Grundlagen zur Spiritualität eines Ordens in der Welt enthalten. Diese grundlegenden Texte, deren Bedeutung sich allerdings nicht auf den Bereich des Ordenslebens beschränkt, in einer Auswahl charakteristischer Beispiele vorzulegen, ist die Absicht des vorliegenden Bändchens. Dabei wurden die Texte sinngemäß nicht chronologisch geordnet, sondern thematisch und die Chronologie nur innerhalb der Kapitel dort berücksichtigt, wo darin eine geistige Entwicklung Foucaulds zum Ausdruck kommt, wie zum Beispiel im Abschnitt «Gebet und Apostolat».

Die Hauptthemen der Gedankenwelt Foucaulds ergeben sich aus seinem Wunsch, ein vollkommenes Leben der Nachfolge Christi in der Welt zu führen, wobei seine Gedanken über das Gebet, die Wahl der Nachfolge, das Verhältnis von Kontemplation und Aktion, über Armut und Gehorsam alle im Kräftefeld zwischen Demut und Liebe liegen. Liebende Demut steht am Anfang, führt zur Wahl des verborgenen und unscheinbaren Lebens von Nazareth, und demütige Liebe läßt ihn auf diesem gewählten Weg weiterschreiten in der betenden Hingabe von Armut und Gehorsam bis zum Tod. Weil die Demut am Anfang steht und ihn von vornherein an den letzten Platz stellt, nimmt er niemandem den Platz weg, und alle andern Dinge können an ihrem, am richtigen Platz stehen. Darin liegt vielleicht eine Erklärung dafür, daß es keine Probleme gibt in Foucaulds Leben. Es gibt wohl Schmerz, wohl Enttäuschung, aber alles eingebettet und überflutet von einem unermeßlichen kindlichen Vertrauen der Demut in die Liebe Gottes.

Drei Gedanken vor allem sind es, die Foucauld von der grundlegenden Wahrheit der *Demut* überzeugen; einmal der Gedanke an den unerhörten Abstieg Gottes in der Menschwerdung, den der Mensch aus Gnade von weitem nachahmen darf, dann die Erfahrung der eigenen Sündhaftigkeit und endlich die Erkenntnis, daß die Verdemütigung der einzige Weg ist zur Erlösung von der Erbsünde des Stolzes. Aus dieser Überzeugung entsteht bei Foucauld eine existentielle Haltung der Demut, in der das Gerüst der drei Grade, das der heilige Ignatius von Loyola als Hilfe zur Gewinnung der Demut aufstellt, nicht mehr nötig ist. Aber die Demut Foucaulds hat denselben Ursprung wie diejenige des heiligen Ignatius: die Betrachtung des Abstiegs Gottes in der Menschwerdung.

Diese Demut weist dem *Gebet* seinen Platz an zu Füßen des Herrn; es ist Anbetung, Dank und Betrachtung der Menschwerdung im Evangelium, in der Eucharistie und in den Mitmenschen; also ein Gebet, das durch alle menschlichen Situationen hindurchgeht, fortwährendes Gebet, aus dem alle Handlungen gespeist werden. Eine solche Haltung des Gebets kann aber nur in der Einsamkeit vor Gott entstehen, in der Wüste, der äußerlichen und der innerlichen, wo die Seele immer wieder von neuem sich ganz Gott hingibt mit der Einfachheit des Kindes, das sich an der Gegenwart des Vaters freut.

Solches Gebet ist bei Foucauld die unerläßliche Bedingung für jede Aktion, ja geradezu ihr eigentliches Wesen, wie bei der Kleinen Theresia, mit der er auch sonst vieles gemeinsam hat. Aber anderseits *muß* das Gebet zur Aktion, zum konkreten Apostolat führen, wenn es nicht in egoistischem Quietismus erstarren soll. Foucauld hat diese Erkenntnis in Nazareth gewonnen, in der Betrachtung über das Leben der Heiligen Familie, und daraus erwächst seine immer größere Offenheit zu den Menschen, unter Verzicht auf die Seligkeit des rein kontemplativen Ruhens in Gott. Daher seine Anteilnahme am Geschehen der Welt, am Ergehen seiner Freunde mitten in der Einsamkeit der Wüste und an den Problemen einer christlichen Kolonisation.

Das *Apostolat* selbst erhält seine Form ebenfalls vom Leben in Nazareth. Die Arbeit an der Heiligung der Welt geschieht dort nicht durch die Predigt, sondern durch das schweigende Beispiel, wie es vor allem die Mutter des Herrn gibt. Darin erkennt Foucauld seine Aufgabe und auch die der Mitglieder des Ordens, den er gründen will. Das schweigende Beispiel kann aber nur dann ansteckend wirken, wenn es von der Kraft der Selbstheiligung erfüllt ist. Selbstheiligung heißt für Foucauld nicht nur Selbstvervollkommnung, sondern, wieder in Nachahmung des Herrn, Selbsthingabe, Verzicht auf alle eigenen Bedürfnisse, auch auf die

Sünde. Schwierigkeiten im Apostolat sind von hier aus gesehen nichts anderes als Gelegenheiten der Selbstheiligung, des Verzichts auf eigenen Erfolg und des Vertrauens auf Gottes Güte.

Nachdem so die inneren Voraussetzungen für die Nachfolge in der Welt gegeben sind, lassen sich die konkreten Entscheidungen der Wahl, der Armut, des Gehorsams ohne weiteres ablesen. Foucauld sieht drei verschiedene Möglichkeiten der Wahl eines vollkommenen Lebens, entsprechend den drei Perioden des Lebens Christi in der Welt: das verborgene Leben des Arbeiters von Nazareth, das Leben der Weltabgeschiedenheit in der Wüste und das Leben der öffentlichen Predigt. Die Berufung zu einem dieser drei Wege der Nachfolge aber liegt ganz in der Hand Gottes. Wohin Foucauld gerufen ist, wird hier noch einmal ganz deutlich; es zeigt sich aber auch, was für viele Ordensgründer gilt, daß er seiner Zeit weit voraus ist und noch kein Verständnis findet.

Die *Armut* ist in erster Linie Armut des Herzens, das leer werden muß von aller Anhänglichkeit an das Irdische, um vollkommen frei und verfügbar zu sein für die Liebe Gottes, die nun ihrerseits den so Armgewordenen zu den andern Armen führt, zu den äußerlich Armen, denen er den geistigen Reichtum des Evangeliums bringen muß, und zu den innerlich Armen, die in der evangelischen Armut wieder den Zugang zu den geistigen Gütern des Christentums finden sollen.

Der *Gehorsam* spielt bei Foucauld eine hervorragende Rolle als die eigentliche Prüfung der Liebe zu Gott, die in jeder Situation den Willen Gottes vorzieht und ihn befolgt. Mit großem Nachdruck betont Foucauld immer wieder aus eigener Erfahrung die unbedingte Autorität des Beichtvaters, mit der für ihn persönlich jahrelang in Abbé Huvelin diejenige des Obern zusammenfällt. In der schönen Betrachtung über den Gehorsam der Weisen aus dem Morgenland spricht

Foucauld eindrücklich von der Gnade, die der Herr selbst dem Gehorsam an den Beichtvater verliehen hat.

Der Gehorsam ist aber auch der einzige Halt in Zeiten der innern Dunkelheit. Falls nicht überhaupt Ungehorsam an dieser Dunkelheit schuld ist und sie daher durch Gehorsam behoben werden kann, muß sie im Glauben an den Gehorsam am Kreuz und an seine Kraft ertragen werden. Gehorsam in der Wahl des Berufes, der Stellung im Beruf, im Ordensleben sind für Foucauld willkommene Gelegenheiten, in kindlicher Liebe den Willen Gottes zu erforschen und auszuführen. Denn beides gehört für ihn zum Gehorsam, das aktive Erforschen des göttlichen Willens ebenso gut wie das Erfüllen. Daher ist er weit entfernt von jener dumpfen Ergebenheit, die auf den Anstoß von außen wartet wie ein müdes Zugtier auf die Peitsche. Er ergreift selbst in spontaner Frische die Initiative, allerdings jederzeit bereit, diese Initiative dem Urteil der von Gott eingesetzten Autorität demütig anheimzustellen.

Dieser Gehorsam führt, es ist nicht anders möglich, zum Tod am Kreuz. Das *Kreuz* ist von Anfang an gegenwärtig in der Betrachtung Foucaulds; er spürt seine besondere Zugehörigkeit dazu. Aber es steht in seinen Augen am richtigen Platz, an der Quelle der Erlösung, und ist daher im Innersten für ihn ein Grund zur Freude an der Herrlichkeit Gottes. So faßt er das Kreuz im eigenen Leben und im Leben der andern auf. Beachtenswert ist der Abschnitt über das Leiden der Mitmenschen, der das falsche Mitleid ablehnt und an seine Stelle das mutige Mittragen setzt.

Man kann bei Foucauld aber nicht über das Kreuz reden, ohne gleichzeitig von der *Liebe* zu sprechen; denn er hat geglaubt, daß Anfang und Ende des Kreuzes in der Liebe verhüllt und verborgen sind. Für ihn bedeutet dies, daß die Liebe zu Gott hervorgeht aus der Bemühung in «Demut, Beständigkeit und Milde» um die Selbstvergessenheit, die sich ausgeleert hat von allem Geschöpflichen und ihre Seligkeit im ewigen Glück Gottes findet. Aus dem Sich-selbst-gekreuzigt-sein entspringt dann die richtige Liebe zu den Geschöpfen, die für Foucaulds leidenschaftliche Wärme des Temperaments nicht selbstverständlich ist. Die Schönheit der Geschöpfe, für die Foucauld in hohem Maß empfänglich ist, wird erkannt und geliebt als Schönheit Gottes, die er selbst in sie hineingelegt hat; die Verbundenheit mit ihnen besteht darin, daß alle Brüder sind, die vom selben Vater geliebt werden.

So ist das Glück der wahren Gottes- und Menschenliebe ein Geschenk des Kreuzes, das aber seinerseits zu neuem Schenken am Kreuz werden darf. Aus diesem Kreislauf seines Lebens entsteht Foucaulds Gebet, in dem die Liebe untergeht am Kreuz und ihre Auferstehung in die Hände des Vaters legt.

Dies sind die Geheimnisse, aus denen Charles de Foucauld gelebt hat. In unbeirrbarer Konsequenz der Liebe hat er, ausgehend von der Situation in Nazareth, versucht, dem Geheimnis der Menschwerdung Gottes mit seiner ganzen Existenz zu antworten. Sein Weg, für ihn selber noch kaum begreifbar, wurde nach seinem Tode zu einem erst von Wenigen versuchten, dann von Vielen begangenen, schließlich von der Kirche ausdrücklich aufgegriffenen und gutgeheißenen neuen Weg christlicher Nachfolge. An ihn knüpfen nicht nur die tief in die Welt eingesenkten Gemeinschaften der «Kleinen Brüder» und «Kleinen Schwestern» an, die sich auf Foucauld als ihren Vater berufen, sondern geistig auch jene «Weltlichen Institute», wie die Kirche sie in «Provida Mater Ecclesia» zusammengefaßt und gutgeheißen hat. Der Same des einsamen Lebens im Herzen der Sahara ist heute unabsehbar über alle Länder hin ausgestreut, in einzelnen Herzen und in Gemeinschaften, die dieser Großmütige aus der Substanz seines Lebens und Sterbens durch Gottes Gnade genährt hat.

# DEMUT

1 Jesus wurde geboren, er lebte, er starb in der tiefsten Erniedrigung und der äußersten Schmach, indem er ein für allemal so sehr den letzten Platz einnahm, daß keiner jemals niedriger sein konnte als er... (Und wenn er diesen letzten Platz mit so großer Beharrlichkeit, mit so großer Sorgfalt innehatte, wollte er uns damit eine Lehre geben und uns zeigen, daß die Menschen und das Ansehen bei den Menschen nichts bedeuten, keinen Wert haben...)

2 [*Der Herr spricht*]
«Betrachtet diese Demut zum Besten des Menschen und lernt euch erniedrigen, um das Gute zu tun, den Seelen zuvorzukommen, wie ich es getan habe... Lernt euch klein machen, um die andern zu gewinnen, euch nicht davor fürchten abzusteigen, eure Rechte zu verlieren, wenn es sich darum handelt, Gutes für die Seelen zu wirken; glaubt auch nicht, man verliere die Möglichkeit, Gutes für die Seelen zu wirken, wenn man absteigt; im Gegenteil, wer absteigt, ahmt mich nach; wer absteigt, gebraucht dasselbe Mittel, die Seelen zu lieben, das ich selbst verwendet habe; wer absteigt, wandelt auf *meinem* Weg und deshalb in der *Wahrheit*, und er befindet sich am besten Platz, um das *Leben* zu gewinnen und es den andern zu geben; denn der beste Platz dazu ist immer meine Nachfolge.»

«Ich stelle mich in eine Linie mit den Geschöpfen durch meine Menschwerdung, mit den Sündern durch die Beschneidung, die Taufe... unablässig sollt auch ihr absteigen, unablässig euch verdemütigen; die Ersten sollen sich unablässig an den letzten Platz stellen, aus dem Geist der Demut, in der Gesinnung des Absteigens und des Dienens... Wer am ersten Platz steht, soll sich dem Geiste nach aus Demut an den letzten stellen; er soll ihn in der Gesinnung des Dienstes innehaben und sich sagen, daß er ihn nur einnimmt, um den andern zu dienen und sie zum Heil zu führen; denn selbst, wenn er ihnen befiehlt, geschieht es nur, um ihnen zu dienen...»

3 Jesus rettet die Welt nicht durch seine göttlichen Reden, nicht durch seine Wunder und nicht durch seine Wohltaten; er rettet sie durch sein Kreuz; die fruchtbarste Stunde seines Lebens ist die seiner tiefsten Erniedrigungen, Verdemütigungen, diejenige, in der er am tiefsten in Leiden und Schmach untergetaucht wird...

4 Demütig sein in Gedanken, Worten und Werken. Das Ansehen bei den Menschen weder suchen noch lieben, vielmehr ihre Geringschätzung lieben.

Wenn man liebt, ist man demütig; denn man kommt sich klein und nichtig vor neben dem, was man liebt.

Wer liebt, ahmt nach, und Jesus war sanften und demütigen Herzens.

Die Demut ist der Schmuck aller Tugenden; und sie ist unerläßlich dazu, diese vor Gott angenehm zu machen; der Stolz verdirbt sie alle...

5 Nazareth hast Du mir für immer zur Wohnung gegeben; Dein Leben, ein armes, verachtetes, mühseliges Leben, ein Leben des Gebets, des Schweigens, verborgen, unbekannt, von den Menschen geringgeschätzt: Du hast es mir gegeben, damit ich es mit Dir teile in einer Gleichförmigkeit, die eine unsagbare Gnade bedeutet.

6 Was Dir dreißig Jahre lang genügt hat, was Deinen Eltern überhaupt fürs ganze Leben genügt hat, mir sollte es nicht genügen? Was bin ich denn? Der überheblichste der Menschen? Vielleicht,... es scheint so. Anstatt mich ohne Vorbehalt mit grenzenlosem Dank in dieses geweihte Leben

zu stürzen, dankbaren Herzens dafür, daß Du es mir gnädig verliehen hast, mir Elendem, der sich seiner so unwürdig erweist, indem er es zu wenig schätzt, und mir alle Mühe zu geben, es in der vollkommensten Weise zu führen und darin zu sein, was ich zu sein habe, ein getreues Abbild Deiner selbst in Deinem verborgenen Leben.

7 Ich kehre zu meinem Leben als «Arbeiter, Sohn Marias» zurück, in dem ich mich niederwerfe und klein mache, mehr bete als lese, mich aus allen Kräften an den geliebten letzten Platz zurückstelle, als Aschenbrödel arbeite, diene, arm und unbeachtet.

8 Ich bin mehr als je dazu entschlossen, in Nazareth zu verharren, in dem Leben «des Arbeiters, des Sohnes der Maria», indem ich versuche, das verborgene Leben unsres geliebten Herrn nachzuahmen, in geringer Arbeit, unerkannt, im Gebet, in innerer und äußerer Erniedrigung, verborgen in Gott mit Christus.

9 In der Fraternität immer demütig sein, sanft und dienstbereit wie Jesus, Maria und Joseph im heiligen Haus von Nazareth. Soviel als möglich alle niedrigsten Hausgeschäfte selbst besorgen und sie nicht einem andern überlassen; alles auf mich nehmen, was zur «Bedienung» gehört, und Jesus gleichen, der unter den Aposteln war als «der Mann, der dient».

10 Dem Bösen nicht widerstehen... Auch auf unbillige Ansprüche eingehen, aus Gehorsam gegen Gott und um durch diese Willfährigkeit den Seelen Gutes zu erweisen und dem Nächsten zu tun, wie Gott ihm tut...

11 Demütig, sanft im Gespräch, nicht hochmütig antworten; bei hochmütigen Worten, bei Tadel und Lob, Wohlta-

ten und Beleidigungen, schmeichelhaften Reden und Drohungen demütig und sanft bleiben, demütig in allen Äußerungen des Lebens, demütig angesichts des Todes.

12 Denken wir gering von uns; gedenken wir unsrer Sünden, erwägen wir oft in unserm Geist die zwiefache Geschichte der von Gott empfangenen Gnaden und unsrer Treulosigkeiten, unsrer Undankbarkeiten, unsrer mangelnden Entsprechungen und unsrer Sünden.

13 Danken wir Gott, der uns diese Wahrheit unsrer Schwäche gezeigt hat. Bitten wir ihn, daß wir diese Lehre nie vergessen und in der Wahrheit der Demut bleiben mögen.

14 [*Der Herr spricht*]
«Falls ihr nur einen Funken von Vernunft habt, werden die Gnaden, die Gunsterweise, mit denen ich euch überschütte, nur dazu beitragen, in euch die Demut und die Furcht zu mehren. Je mehr ihr empfangt, um so mehr werdet ihr, weit entfernt von jeder Überheblichkeit, von Furcht erfüllt sein und euch demütigen im Gefühl eurer tiefen Unwürdigkeit. Es wäre vielmehr zu befürchten – falls ihr bei gesundem Verstand seid – daß ihr den Mut verlieren könntet; und das müßte unfehlbar eintreffen, wenn ich euch nicht geböte zu hoffen, trotz allem an meine unendliche Barmherzigkeit zu glauben, möget ihr euch dabei noch so erbärmlich vorkommen, und euch rückhaltlos an mein Herz zu werfen, wie sich der verlorene Sohn an das Herz seines Vaters geworfen hat.»

15 Gebet ist jedes Gespräch der Seele mit Gott; es ist auch jener Zustand der Seele, die Gott wortlos, einzig in seinen Anblick versunken betrachtet, indem sie ihm mit ihren Blikken sagt, daß sie ihn liebt, während die Lippen, ja auch die Gedanken stumm bleiben... Das beste Gebet ist jenes, das am meisten Liebe enthält.

16 Alle Augenblicke, die man (ohne seinen Dienst zu vernachlässigen) zu seinen Füßen verbringen kann, einfach damit beschäftigt, ihn zu betrachten und weiter nichts zu tun, als schweigend in der Liebe unterzugehen, diese Augenblicke verbringt man in jener seligen Tatenlosigkeit, die doch tätig ist, weil sie eine ununterbrochene Bewegung der Liebe ist.

17 [*An Henry de Castries**]
Beten, darunter verstehe ich nicht das Aufsagen von auswendig gelernten Gebeten, sondern die einfache Anbetung mit oder ohne Worte, zu Füßen Gottes verharren im Willen, in der Absicht, ihn anzubeten.

18 [*An denselben*]
Die Anbetung – der vollkommenste Ausdruck der vollkommenen Liebe – ist der vorzüglichste Akt des Menschen ... nicht sein vorzüglichster nur, sondern auch ein in seinem Wesen wurzelnder, ja sogar ein ununterbrochener Akt, wenn der Mensch seiner Natur und seiner Vernunft entsprechend handelt.

19 Die Danksagung muß einen sehr großen Platz in unsern

* Mit dem Grafen Henry de Castries verband Foucauld das gemeinsame Interesse an der Erforschung Marokkos. Durch seine Freundschaft übte er einen bestimmenden Einfluß auf dessen religiöses Leben aus.

Gebeten einnehmen; denn die Güte Gottes geht all unsern Akten voraus, sie umschließt alle Augenblicke unsres Lebens, und es vergeht kein Augenblick in unserm Dasein, in dem wir nicht eine ungeheure Menge von Wohltaten empfangen, jede einzelne größer, als daß uns die ganze Ewigkeit ausreichte, dafür zu danken.

20 Nicht nur für uns selbst danken, sondern für alle Menschen, unsre Brüder, Deine Kinder, mein Gott, die ich lieben soll, die ich zärtlich lieben will; danken für alle Seelen im Fegfeuer, alle Engel, alle Heiligen und für alle, die Du mir anvertraut hast, damit ich sie besonders liebe.

21 Außer dem Gebet vor dem Tabernakel, außer dem gemeinsamen Gebet, wo der Herr mitten unter denen weilt, die beisammen sind, um ihn zu bitten, müssen wir auch täglich das einsame und geheime Gebet lieben und üben, das Gebet, bei dem uns niemand sieht als unser himmlischer Vater, in dem wir ganz allein sind mit ihm und niemand weiß, daß wir zu ihm beten; in einem Beisammensein, einem köstlichen Geheimnis, bei dem wir unser Herz in aller Freiheit ausgießen, fern von jedem Auge, an den Knien unsres Vaters.

22 [*An einen Trappisten*]
Ihre Beschäftigung besteht jetzt darin, einsam mit Gott allein zu leben, als Vorbereitung auf Ihr Priestertum, als wären Sie allein mit Gott im All. Man muß einmal die Wüste durchzogen haben und darin wohnen, um die Gnade Gottes zu empfangen. Dort verscheucht man alles von sich, was nicht Gott ist. Diese Stille, diese Sammlung, dieses Vergessen alles Geschaffenen ist nötig für die Seele, damit Gott sein Reich in ihr aufrichten und in ihr den Geist der Innerlichkeit, die innige Verbindung mit sich schaffen kann ... die Zwiesprache der Seele mit Gott in Glaube, Hoffnung und

Liebe... Später wird die Seele genau in dem Maß Frucht bringen, als der innerliche Mensch sich in ihr gebildet hat... ohne dies innerliche Leben sind aller Eifer, alle guten Meinungen und Anstrengungen unnütz; sie werden nur taube Früchte bringen, gleich einer Quelle, die den andern die Heiligkeit spenden möchte und es nicht vermag, da sie selbst sie nicht in sich enthält; man kann nur mitteilen, was man besitzt. In der Einsamkeit, dem Leben mit Gott allein, der tiefen Versenkung der Seele, welche alles Geschaffene vergißt, schenkt Gott sich dem ganz, der sich in dieser Weise ganz ihm schenkt.

23 [*An einen Trappisten*]
Ich habe treu an Sie gedacht während dieses langen Schweigens... Schweigen, Sie wissen es, bedeutet ganz das Gegenteil von Vergessen und Kälte; in meditatione exardescet ignis*. Im Schweigen liebt man am glühendsten; Lärm und Worte ersticken oft das innere Feuer; verharren wir im Schweigen, mein lieber Pater, wie die heilige Magdalena und der heilige Johannes der Täufer, bitten wir Christus, in uns das große Feuer zu entfachen, welches ihre Einsamkeit und ihr Schweigen so glückselig werden ließ.

24 Wir müssen versuchen, uns vom Geist des Herrn durchtränken zu lassen, indem wir unablässig seine Worte und seine Beispiele lesen und wieder lesen, betrachten und wieder betrachten, damit sie in unserer Seele wirken wie der Wassertropfen, der wieder und wieder auf dieselbe Stelle einer Steinplatte fällt.

25 Es gibt drei Weisen, unsern Herrn zu betrachten, Gott zu betrachten, welche alle gut und vollkommen sind, und alle drei sollen ihren Platz in unserm Leben finden: 1. Gott

* In der Betrachtung entzündet sich das Feuer.

an sich betrachten, d.h. das innere Leben unseres Herrn, an jedem seiner Tage und in jedem seiner Augenblicke. Um ihm nachzufolgen, müssen wir diese Art von Betrachtung viel üben und sie nie ganz aus dem Auge verlieren. 2. Unsern Herrn in der hl. Eucharistie betrachten. Auch das ist eine Verpflichtung; denn dazu bietet er sich uns an, und er will, daß wir ihn darin betrachten. 3. Ihn in den Geheimnissen seines Lebens betrachten. Dies ist ebenfalls eine Verpflichtung; denn er hat diese Geheimnisse erfüllt und uns in den von seinem Geist inspirierten Schriften kundgetan, damit wir sie kennenlernen, erwägen und ihn darin betrachten; er hat unter uns gelebt, damit wir Ihn schauen, Ihm zusehen in seinem menschlichen Leben, das Er hienieden zugebracht und gerade deshalb hier zugebracht hat, um darin «unser Weg und unser Licht» zu sein, wie Er in der Eucharistie «unser Leben» ist.

Auf diese drei Arten sollen wir also betrachten; alle drei sollen im innern Leben einer jeden Seele Raum haben. Welche Art soll man am meisten pflegen? Bald die eine, bald die andere; das hängt sowohl von den einzelnen Seelen wie auch für jede Seele von ihrer jeweiligen Verfassung ab... Man muß sich dabei vom Heiligen Geist leiten lassen und von den Ratschlägen eines weisen Seelenführers. Der Heilige Geist, ausgelegt mit Hilfe unseres Seelenführers, ist unser Führer, unser alleiniger Führer in dieser Angelegenheit. Es kommt Gott selbst zu, das innere Leben eines jeden von uns zu gestalten, und nicht uns oder andern Geschöpfen.

26 Zwei Dinge sind nötig, damit unser Leben ein Leben des Gebetes sei: erstens müssen wir jeden Tag eine hinlängliche Zeit ausschließlich dem Gebet einräumen, und zweitens müssen wir während der Stunden, in denen wir andern Beschäftigungen nachgehen, eins bleiben mit Gott, uns seiner Gegenwart bewußt bleiben und unsre Herzen und Augen häufig zu ihm erheben.

27 «Außer der Zeit», sagt der Herr, «die ihr dem Gebet allein widmen sollt, müßt ihr während des übrigen Tages so oft als möglich eure Seele zu mir erheben; je nach der Art eurer Beschäftigung könnt ihr während derselben entweder unablässig an mich denken, wie z. B. bei gewissen rein manuellen Arbeiten, oder aber ihr könnt eure Augen von Zeit zu Zeit zu mir erheben; tut wenigstens dies so oft als möglich. Es wäre sehr süß und auch nicht mehr als recht und billig, mich unaufhörlich zu betrachten; aber das ist in dieser Welt dem gewöhnlichen Menschen nicht möglich; ihr werdet es erst im Himmel tun können. – Ihr seht also, beten heißt vor allem an mich denken und mich dabei lieben; je mehr man liebt, um so besser betet man. Gebet ist liebend auf mich gerichtete Aufmerksamkeit der Seele; je liebevoller die Aufmerksamkeit, desto besser das Gebet.»

28 Wenn wir in Gegenwart eines geliebten Wesens mit einer Arbeit beschäftigt sind, vergessen wir dann auch nur einen Augenblick seine beglückende Gegenwart, die uns die Zeit so rasch vergehen und die Augenblicke so köstlich erscheinen läßt? Erheben wir nicht immer wieder unsre Augen zu ihm? Machen wir es ebenso mit unserm Herrn, dem göttlichen Gemahl unsrer Seelen. Das ununterbrochene, unablässige Gebet während des ganzen Tages wird die Versuchungen von uns fernhalten, und die Gegenwart des Herrn sie verjagen und unschädlich machen; die Stunden, die ausschließlich dem Gebet gewidmet sind, werden uns mit der Gnade des Herrn die Kraft verleihen, während des ganzen übrigen Tages in seinem Angesicht zu verweilen und den Rest des Tages in dem, was wir das «unablässige Gebet» nennen, zu verharren.

29 Unser ganzes Leben ist ein Gebet, eine liebevolle und anbetende Betrachtung des Herrn, die durch nichts unterbrochen werden darf; aber in den schwierigen Momenten, wenn

es gilt, einen schwerwiegenden Entschluß zu fassen, wenn ein wichtiges Ereignis bevorsteht, vor allem in den entscheidenden Augenblicken müssen wir inständiger als je beten; dann müssen wir uns in das Gebet stürzen, darin untergehen und unsre ganze Hilfe von Gott, dem alleinigen Sein und der alleinigen Kraft, erwarten. Bitten wir in diesen Augenblicken wenn möglich nicht allein, sondern mit einigen feurigen Seelen zusammen, denn «wenn zwei oder drei im Gebet zusammenkommen, ist der Herr mitten unter ihnen und gewährt, worum man ihn bittet...», aber selbst wenn mehrere gemeinsam um das gleiche bitten, sollen wir doch schweigend beten, damit jeder in der Stille sein Herz Gott zu Füßen ausgießen kann; beten wir gemeinsam, aber einzeln, damit unsere Herzen sich in voller Freiheit zu Gott erheben und vor ihm ausgießen können, ohne jede Zerstreuung, jede Erinnerung an irgend etwas Geschaffenes, in ihrer ganzen Einfachheit, in ihrer selbstverständlichsten und vertrautesten Bewegung, der vollständigen Hingabe.

30 Je mehr wir leiden, je mehr wir in Versuchung sind, um so mehr müssen wir beten; im Gebet ist unsere einzige Hilfe und Kraft, unser alleiniger Trost; es darf daher nicht erlahmen angesichts des Schmerzes und der Macht der Versuchung; der Teufel strengt sich so viel als möglich an, es in diesen Augenblicken in uns zu ersticken; aber wir dürfen dieser Versuchung auf keinen Fall nachgeben und auf keinen Fall der Schwäche unsrer Natur erliegen, die unsre Seele dazu verleiten möchte, ganz in ihrem Schmerz aufzugehen und weiter nichts mehr zu sehen; schauen wir auf unsern Erlöser, der da ist, bei uns, und sprechen wir mit ihm...

31 Der Anblick meines Nichts, anstatt mich zu betrüben, hilft mir, mich zu vergessen und nur an Den zu denken, der alles ist.

32 [*Der Herr sagt*]
«Gebet ist Zwiesprache mit Gott, ist der Schrei eures Herzens zu Gott. Es muß daher etwas vollkommen Natürliches sein, etwas vollkommen Echtes, der Ausdruck eures tiefsten Herzensgrundes... nicht eure Lippen müssen sprechen, nicht euer Geist, sondern euer Wille, der sich kundgibt, indem er sich in seiner ganzen Wahrheit, Nacktheit, Aufrichtigkeit, Einfachheit vor eurem Vater ausbreitet und ihm von euch dargeboten wird; das heißt beten. Es braucht also dazu weder einer langen Zeit noch vieler Worte und Gedanken; es wird verschieden sein, bald etwas länger, bald nur ganz kurz dauern, – je nach den Wünschen eures Herzens; sind sie vollkommen einfach, wird ein einziges Wort genügen; sind sie weniger einfach, werden ein paar Sätze nötig sein, um sie darzulegen. In jedem Fall ist es der Zustand eures Willens, den ihr eröffnet, der Zustand eures Herzens mit seinen Unvollkommenheiten, seinen ungeordneten Anhänglichkeiten, oder vielmehr der Zustand eures vom Willen geläuterten Herzens, der Zustand eures Herzens, wie ihr es haben möchtet, wobei ihr alles ausschließt, was ihr nicht darin dulden, was ihr davon fernhalten wollt; das Gebet ist also die Bitte um das, was ihr wollt, was ihr mit der Hilfe der Gnade wollt, was ihr im Hinblick auf Gott wollt.»

33 Bitten wir Gott, wie unser Herr Ihn bittet im Abschiedsgebet... in Seinem Namen, nicht indem wir viele Dinge von Ihm erbitten, sondern das eine, das nottut, die Liebe zu Gott (oder die unerläßlichen Hilfsmittel, sie immer mehr zu erlangen, Seinen Gehorsam, Seine Nachahmung, Seine Betrachtung, oder andere Dinge, von denen wir spüren, daß wir ohne sie unsre Verpflichtungen Ihm gegenüber nicht erfüllen, Ihn nicht lieben können)... Nicht mit vielen Worten, sondern indem wir unablässig Ihm zu Füßen dieselbe Bitte wiederholen, wie unser Herr es hier tut; denn in diesem ganzen Gebet wiederholt er immer nur dieselben Worte,

dieselben Anrufungen, dieselbe Bitte um die Einheit seiner Apostel. Tun wir es auch nicht in wohlüberlegten Reden, sondern indem wir in kindlicher Hingabe unsre Seele zu seinen Füßen ausgießen, nach dem Beispiel, das unser Herr gibt, in diesem und in allen andern Gebeten...

34 Es gibt zwei Arten zu bitten: das Herz rufen lassen, es von Gott mit der Einfalt eines Kindes erbitten lassen, was es begehrt, eine bestimmte Gnade für sich oder einen andern, die Linderung eines Schmerzes für sich oder den Nächsten; man stößt diesen Schrei in aller Einfalt zum himmlischen Vater aus und läßt ihm immer die Worte folgen: «Aber nicht mein Wille, sondern der Deine». Die andere Art zu beten besteht einfach in diesem letzten Wort: «Mein Vater, es geschehe in dieser Sache dein Wille, wie immer er sei». Diese beiden Gebete sind vollkommen, göttlich; Jesus gibt uns das Beispiel für das erste am Ufer des Kedron und in Gethsemane; für das zweite im «Vater unser». Das eine ist so vollkommen, so göttlich wie das andere. Deshalb wollen wir uns weder an die eine noch an die andere dieser beiden Formen besonders klammern. Bedienen wir uns bald der einen, bald der andern, je nachdem der Heilige Geist uns treibt; lassen wir uns dabei vom Heiligen Geist führen. Vielleicht wird er uns immer die eine, vielleicht immer die andere, vielleicht bald die eine, bald die andere dieser beiden Arten des Gebetes eingeben; was verschlägt's, da alle beide vollkommen und göttlich sind.

35 Bitten wir Ihn gewöhnlich mehr für die andern als für uns und vergessen wir uns selbst, wie der Herr es ohne Unterlaß tut und uns dadurch ein Beispiel gibt; bitten wir im allgemeinen nicht besonders für uns selbst, sondern widmen wir den größten Teil unsres Gebetes der ganzen Menschheit, wie uns der Herr im «Vater unser» lehrt; bitten wir im übrigen zunächst für die Kirche, dann für gewisse Seelen, de-

nen gegenüber wir entweder ständig oder nur vorübergehend eine besondere Verpflichtung verspüren, und endlich für bestimmte einzelne Seelen, für die wir ganz besonders beten müssen. Für uns selbst aber sollen wir nur dann beten, wenn wir es aus irgendeinem Grund dringend bedürfen, wenn wir durch eine Versuchung oder Prüfung in Bedrängnis sind oder die Gnade Gottes uns mit besonderer Klarheit unsre maßlose Undankbarkeit für alles zeigt, was Gott uns schenkt, und uns dazu treibt, zum Herrn zu schreien mit der Bitte, «unser Herz aus Stein in ein Herz aus Fleisch» zu verwandeln, uns zu Hilfe zu eilen, damit wir uns bekehren.

36 Seien wir (in unserem Gebet) einfach, kurz, so erfüllt von Demut, daß wir es ganz natürlich finden, uns mit Hunden zu vergleichen oder damit verglichen zu sehen, und daß keine Trockenheit, keine Schwierigkeit, keine noch so oft wiederholte Abweisung und keine Verzögerung in der Erfüllung unsrer Bitte unsern Glauben und unsre Unablässigkeit zu schwächen oder zu entmutigen vermögen.

37 Wir vermögen alles durch das Gebet; wenn wir nichts erlangen, dann haben wir es entweder an Glauben fehlen lassen, oder wir haben zu wenig gebetet, oder aber es wäre von Übel für uns, wenn unsre Bitte erhört würde, oder Gott will uns etwas Besseres geben, als was wir erbitten... Aber niemals erhalten wir das nicht, worum wir bitten, weil die Sache selbst zu schwer zu erlangen wäre: es gibt nichts, was wir nicht erlangen könnten... Zögern wir daher nicht, von Gott die schwierigsten Dinge zu erbitten, wie die Bekehrung großer Sünder, ganzer Völker; und erbitten wir sie um so eifriger, je schwieriger sie sind, im Glauben daran, daß Gott uns leidenschaftlich liebt... aber bitten wir mit Glauben, Beharrlichkeit, Ausdauer, Liebe und gutem Willen... Und seien wir gewiß, wenn wir so und mit genügend Ausdauer beten, werden wir erhört werden und die erbetene

Gnade oder eine bessere erlangen. Erbitten wir daher voll Kühnheit die unmöglichsten Dinge von unserm Herrn, wenn sie zu seiner Ehre gereichen, und seien wir dessen gewiß, daß sein Herz sie uns um so lieber schenken wird, je unmöglicher sie menschlich gesehen erscheinen; denn es beglückt sein Herz, dem, den er liebt, das Unmögliche zu schenken, und wie sehr liebt er uns nicht!

38 Welche Verantwortung für uns! Wenn wir nicht genügend beten, sind wir verantwortlich für alles Gute, das wir durch das Gebet hätten tun können und versäumt haben. Welch furchtbare Verantwortung! Wie groß aber ist die Güte des Herrn, der uns gewissermaßen an seiner Macht teilhaben läßt, indem er unsern Gebeten einen solchen Wert gibt.

39 [*Aus einer Betrachtung über Maria von Bethanien*]
Was der Herr den besten Teil nennt, das ist das kontemplative Leben, das Leben des Gebets, das Leben, das sich vollständig von den materiellen Dingen loslöst, um sich ganz der Betrachtung des Herrn hingeben zu können; das Leben, in dem der Geist sich nie mit weltlichen Dingen beschäftigt, sondern ganz in den Gedanken an Gott eingetaucht ist, Ihn schaut, Ihn hört, ununterbrochen mit Ihm spricht im ständigen Gefühl seiner Gegenwart und durch ein Gebet, das je nach den verschiedenen Zeiten des Tages sich ändern, aber nie unterbrochen werden kann... *Maria lebt wie die andern*, aber bei allem, was sie tut, sind ihre Augen, ihre Gedanken und ihr Herz immer ausschließlich auf Christus gerichtet. Er bildet ihr ganzes Leben.

40 [*Nazareth als Vorbild des Apostolats*]
Dies klösterliche Leben, das Maria und Joseph führten, war ein Leben der Einsamkeit und des Schweigens... Sie sprachen mit den Menschen in dem Maß, als ihre Pflicht es ihnen gebot, sie sprachen miteinander im selben Maß und immer mit der gleichen Vollkommenheit, in einer unsagbaren Anmut, Güte und Liebe... Aber ihr Herz hatten sie anderswo, ihr Leben ging darin nicht auf; gewiß, sie liebten den Nächsten; sie liebten einander; sie erfüllten ihre gegenseitigen Verpflichtungen, ihre Verpflichtungen allen Menschen gegenüber mit einer unvergleichlichen Zärtlichkeit; aber dies war nicht ihr Alles; sie waren weder füreinander noch für die übrigen Geschöpfe geschaffen; sie waren für ihren Gott geschaffen worden; für Ihn liebten sie sich gegenseitig, für Ihn liebten sie alle Menschen, aber nur Ihn allein liebten sie um Seinetwillen, von ganzem Herzen, aus ganzer Seele, mit ihrem Geist und allen ihren Kräften.

Für Ihn, im Hinblick auf Ihn, erfüllten sie innerlich und äußerlich mit bewundernswürdiger Vollkommenheit alle ihre Aufgaben an den Geschöpfen; aber ihr Herz hatte sich an keines von ihnen gehängt; Maria hatte ihr Herz über Joseph erhoben, Joseph das seine noch über Maria; sie waren «gerecht»; sie gaben Gott, was Gottes ist: alles, was sie waren, ihr ganzes Sein, alle Augenblicke ihres Lebens, ihre ganze Liebe.

41 [*Zu Maria und Joseph*]
Am Tag arbeitet ihr, vor Ihm, so lange es möglich ist, fern von seinem Angesicht, wenn es nicht anders geht; aber euer Geist verliert Ihn nie aus dem Auge; ob eure Augen Ihn sehen oder nicht, eure Seele betrachtet Ihn ohne Unterlaß. Am Abend besteht keine Notwendigkeit mehr, euch von Ihm zu entfernen. Mit der Nacht senkt sich die Ruhe auf die Erde. Die Dunkelheit läßt sich auf die übrige Menschheit herab; ihr aber habt eure Sonne bei euch; mehr als alle andern könnt ihr mit David sagen: «Meine Nacht erstrahlt in ihrer Dunkelheit». Wie leuchtet sie, wie ist sie selig, eure Nacht! In welch schweigender und liebender Betrachtung geht sie dahin.

42 [*Der Herr spricht über Nazareth*]
«Stelle dir also nicht ein Familienleben umhegt von Wohlwollen, mit Besuchen vieler Freunde und Verwandten vor.. Nein, nichts Derartiges; vielmehr das Leben von zwei oder drei Ordensleuten, die in Gott geeint ein kleines, einsames Haus bewohnen, um vereint ein Leben der Sammlung, des ununterbrochenen Gebets und großer Buße zu führen, mit viel geistlicher Lesung, in unablässiger Betrachtung; ein Leben des Schweigens, das Leben der Menschen, die nicht von der Welt sind, die nichts kennen als das Zwiegespräch mit Gott und den Umgang mit den Dingen des Himmels. So sah mein Leben in Nazareth aus, ein Leben der Exerzitien... und so soll auch das deine aussehen.»

43 [*Aus einer Weihnachtsbetrachtung über Maria und Joseph*]
Nach der Geburt unsres Herrn werdet ihr viel mehr arbeiten müssen, um ihn zu ernähren und nach besten Kräften für seinen Unterhalt zu sorgen: diese Arbeit wird für euch eine Freude, ein reines Glück sein: ihr werdet arbeiten, den Blick auf ihn gerichtet, in einer Betrachtung, die sich durch nichts stören läßt; aber es wird nicht mehr der Zustand des unbedingten Vergessens aller irdischen Dinge sein; um Jesu willen, für Ihn, werdet ihr zwar nicht in der Seele, aber im Leib jene tiefe Stille der Einkehr verlassen müssen; dies wird noch vollkommener sein; eure Vollkommenheit wird mit jedem Tag wachsen, und jeden Tag werdet ihr Gott wohlgefälliger sein; vielleicht aber werdet ihr dabei weniger Seligkeit empfinden.

44 [*Der Herr spricht*]
«Man muß mein Gut, mein Glück, meine Ehre über alles lieben, mehr als die Freude, bei mir zu sein; wenn daher mein Wille hier – oder dorthin ruft, muß man sich beeilen, fliegen, alle Einsamkeit verlassen, sich unter die Menschen stürzen; sobald aber mein Wille, mein Vorteil nicht mehr befehlen, daß man sich unter die Menschen begebe, muß man dem Gesetz der Liebe folgen und in die Einsamkeit zurückkehren.»

45 Ich muß es als große Gnade empfinden und mich sehr glücklich schätzen, in Nazareth wohnen zu dürfen; ich muß auch sehr dankbar sein dafür, mich aber zugleich vor jeder Anhänglichkeit hüten; sobald es nicht mehr der Wille Gottes wäre, müßte ich mich rückhaltlos, ohne einen einzigen Blick zurück, dahin und auf das stürzen, wohin Sein Wille mich riefe.

46 [*Betrachtung über die Flucht nach Ägypten*]
O Herr, in dieser Nacht lehrst Du mich zwei Dinge: nicht an meiner stillen und seligen Einsamkeit festzuhalten, son-

dern bereit zu sein, jede Mühe, jede Arbeit, jedes Kreuz für Dich auf mich zu nehmen, und mein ganzes Glück in jedem Augenblick meines Lebens in Dir allein zu suchen.

47 [*An P. Guérin, den Apostolischen Präfekten der Sahara*]
Sie fragen, ob ich bereit wäre, um der Ausbreitung des Evangeliums willen Beni-Abbès zu verlassen: ich bin bereit, dazu ans Ende der Welt zu gehen und bis zum Jüngsten Gericht zu leben.

48 So gut es einerseits angeht, jahrhundertelang und bis ans Ende der Welt zuzuwarten, wenn es sich um den Bau von Kirchen aus Stein handelt, so wenig ist es anderseits gestattet zu säumen, wenn es sich um die Rettung von Seelen handelt, die verlorengehen.

49 [*An seine Cousine Mme de Bondy*]
Um auf Marokko zurückzukommen, mußt Du wissen, daß ich mich hier, in Beni-Abbès, an der Grenze niedergelassen habe in der verborgenen Absicht, mein Möglichstes zu tun, damit das Evangelium dort eindringe; dabei werde ich nicht aufhören, ein Mönch des Stillschweigens und der Betrachtung zu sein, wie es meine Berufung ist; ich werde auch nicht predigen gehen wie die ersten und frommen Jünger des heiligen Franz, weil dies nicht meine Berufung ist und es mir nicht der geeignete Weg scheint, Jesus kennen und lieben zu lehren. Vielmehr werde ich zunächst eine Klosterkolonie von armen Ordensleuten und Verehrern des heiligsten Altarsakramentes bilden und versuchen, von dort aus allmählich weitere in Marokko zu gründen. Als erste Vorbereitung dazu will ich hier meine Beziehungen zu den Marokkanern pflegen, indem ich ihnen brüderlich Gastfreundschaft gewähre, damit sie ihrerseits geneigt werden, mich bei sich aufzunehmen.

50 Unser Apostolat wird nur dann fruchtbar sein, wenn wir für diejenigen beten, die wir bekehren wollen; denn der Herr gibt nur dem, der bittet, er öffnet nur dem, der klopft.. Damit Gott auf unsre Lippen gute Worte legen, unsern Herzen gute Eingebungen und denjenigen, an die wir uns wenden, den guten Willen verleihen kann, braucht es die Gnade Gottes, und um sie zu erlangen, muß man sie erbitten.

51 [*An de Castries*]
Mein lieber Freund, das Schweigen des Klosters ist nicht das Schweigen des Vergessens... Mehr als einmal während dieser zwölfjährigen gesegneten Zeit der Einsamkeit habe ich an Sie gedacht und für Sie gebetet. Ich halte das Schweigen um des lieben Gottes willen, und ebenso breche ich es heute für Ihn... Wir sind hier einige Mönche, die ihr «Vater unser» nicht sagen können, ohne mit Schmerz an das weite Marokko zu denken, wo so viele Seelen leben, ohne «Gott zu heiligen, zu seinem Reich zu gehören, seinen Willen zu erfüllen und das göttliche Brot der heiligen Eucharistie zu kennen»; und da wir wissen, daß wir diese armen Seelen wie uns selbst lieben müssen, möchten wir mit Gottes Hilfe alles tun, was in unserer geringen Macht steht, um ihnen Christi Licht zu bringen und die Strahlen seines Herzens auf sie fallen zu lassen... Das ist die Absicht, und um für diese Unglücklichen zu tun, wovon wir wünschten, daß es auch uns geschähe, wären wir an ihrer Stelle, möchten wir an der marokkanischen Grenze nicht etwa ein Trappistenkloster, nicht eine große und reiche Abtei, nicht einen landwirtschaftlichen Betrieb, sondern eine einfache kleine Einsiedelei gründen, wo einige arme Mönche von Früchten und ein wenig selbstgepflanzter Gerste leben könnten, in einer engen Klausur, in Buße und Anbetung des heiligsten Altarsakramentes, ohne ihre Einfriedung zu verlassen und zu predigen, aber indem sie Gastfreundschaft üben an jedem, der daherkommt, sei er gut oder böse, Freund oder Feind, Muselmann oder Christ..

Es handelt sich um die Verkündigung des Evangeliums, nicht durch Worte, sondern durch die Gegenwart des heiligsten Sakramentes, durch Darbringung des göttlichen Opfers, Gebet, Buße, Ausübung der evangelischen Tugenden, Liebe – eine brüderliche und alle einschließende Liebe, die ihren letzten Bissen Brot mit jedem Armen, jedem Gast, jedem Unbekannten teilt, der vorbeikommt, und jeden Menschen wie einen geliebten Bruder bei sich aufnimmt.

52 [*An seinen Cousin, den Grafen Louis de Foucauld*]
Du kannst aus der Nähe die Entwicklung schwerwiegender Ereignisse verfolgen. Das interessiert mich noch immer außerordentlich... Denn wenn auch ein Teil meiner selbst im ewig reinen Himmel über den Wolken weilt, wenn ich auch in einer Region bin, wo immer die Sonne scheint, über derjenigen, wo sich die Wolken bilden, so liebe ich doch mit dem andern die Menschen; ich muß sie lieben, es ist meine gebieterische und süße Pflicht, sie leidenschaftlich zu lieben und mich daher für alles zu interessieren, was für sie schwer wiegt... Nur ist das Schwerwiegende in unseren Augen das ewige Heil, es besteht darin, die Bestimmung des Menschen zu erfassen, die Wahrheit zu suchen, sie zu kennen und sie in diesem Leben und im jenseitigen zu besitzen.

53 [*An de Castries*]
Möge Sein Wille geschehen und nicht der meine. Gott meint es gut, wenn er uns, nachdem er uns geschaffen hat, dazu beruft, Ihn zu lieben, Ihn kennenzulernen und Ihm ewig zu dienen auf Erden und im Himmel... Wir besitzen in diesem kurzen Leben ein Glück, das unsern Brüdern, den Engeln, nicht zuteil wird: wir dürfen arbeiten, uns ein wenig abmühen für den Geliebten. Falls man von Mühe dort sprechen kann, wo man liebt; Augustinus und die tägliche Erfahrung leugnen es: ubi amatur, non laboratur, et si labora-

tur, labor amatur*. Jedenfalls bereitet einem sogar der Anschein von Arbeit Vergnügen, wenn man für den arbeitet, den man liebt... Alles ist Seligkeit für mich, lieber Freund, ich sehe alles im Licht des unermeßlichen Friedens Gottes, seines unendlichen Glücks, der unwandelbaren Herrlichkeit der seligen und immer ruhenden Dreifaltigkeit. Alles geht für mich unter im Glück, daß Gott Gott ist, im Dank für seine große Herrlichkeit. Ob ich unterwegs bin oder in meiner Einsiedelei, ändert für mich kaum etwas; denn die Augen und das Herz bleiben oben, im unermeßlichen Frieden, der unwandelbaren Wolkenlosigkeit des Himmels.

54 [*An einen Freund*]

Jetzt, da das Leben beinahe zu Ende ist für uns, beginnt das Licht, in das wir bei unserm Tode eingehen werden, uns zu leuchten und uns zu zeigen, was ist und was nicht ist... Diese Wüste hat für mich etwas zutiefst Beglückendes; es ist so beseligend und so heilsam, in der Einsamkeit zu verweilen im Angesicht der ewigen Dinge. Man fühlt, wie die Wahrheit allmählich immer mehr in uns einströmt. Daher ist es hart für mich zu reisen, diese Einsamkeit und dies Schweigen zu verlassen. Aber der Wille des Geliebten, wie immer er sei, muß nicht nur vorgezogen, sondern angebetet, geliebt und gepriesen werden ohne Ende.

* Wo man liebt, hat man keine Mühe, und müht man sich doch, so wird die Mühe geliebt.

55 [*Der Herr spricht*]
«Arbeitet an der Heiligung der Welt, arbeitet daran wie Meine Mutter, wortlos, schweigend; baut eure Stätten der Einkehr mitten unter denen, die Mich nicht kennen; tragt Mich in ihre Mitte, indem ihr dort einen Altar, einen Tabernakel errichtet, und bringt das Evangelium hin, nicht mit dem Munde, sondern mit dem Beispiel, nicht indem ihr es verkündigt, sondern indem ihr es lebt.»

56 Man soll nie zögern, sich um jene Stellen zu bewerben, wo die Gefahr, das Opfer, die Hingabe am größten sind; die Ehre, die wollen wir dem überlassen, der danach Verlangen hat; für uns aber wollen wir immer die Gefahr, die Mühe beanspruchen. Als Christen müssen wir das Beispiel des Opfers und der Selbstvergessenheit geben. Diesem Grundsatz müssen wir unser ganzes Leben lang treu bleiben, in aller Einfachheit, ohne uns zu fragen, ob bei diesem Verhalten nicht auch Stolz mit im Spiel sei; es ist unsere Pflicht, tun wir sie und bitten wir den geliebten Gemahl unsrer Seele, sie in aller Demut, in aller Liebe zu Gott und dem Nächsten tun zu dürfen.

57 Alle müssen an der Belehrung aller Menschen mitarbeiten, aber nicht mit denselben Mitteln. Die Gläubigen, die nicht Hirten, sondern Schafe sind, müssen es im allgemeinen eher durch Werke als durch Worte tun, durch das Beispiel eines guten Lebens, ihre Güte gegen alle, damit die Liebe zu ihrer Religion geweckt werde, und durch das Gebet.

58 Alle sollen arbeiten, ein werktätiges Leben führen; wer vor allem geistig arbeitet, soll daneben wenigstens eine gewisse Zeit des Tages eine niedrige und bescheidene körper-

liche Arbeit verrichten, um sich durch diese Nachahmung des «Handwerkers, des Sohnes der Maria» zu adeln, um ein Stück Evangelium zu erleben, das Evangelium kennenzulernen, das man nicht beim Anhören, sondern beim Ausüben versteht, um ihre Umgebung den Adel, die Größe der körperlichen Arbeit zu lehren und ihr Liebe und Ehrfurcht dafür einzuflößen.

59 [*Betrachtung über Mariä Heimsuchung*]
Bei der Heimsuchung will die Mutter Gottes ihrer Base keinen bloßen Besuch abstatten, etwa damit beide sich gegenseitig trösten und durch den Bericht der Wunder Gottes in ihnen erbauen können; noch weniger geht es um einen Wohltätigkeitsbesuch Marias, in der Absicht, ihrer Base während der letzten Monate der Schwangerschaft und der Geburt beizustehen; es geht um viel mehr. Maria begibt sich auf die Reise, um Johannes zu heiligen, ihm die frohe Botschaft zu verkündigen, ihm das Evangelium zu bringen und ihn zu heiligen, nicht durch ihre Worte, sondern indem sie schweigend Christus zu ihm hinträgt, mitten in seine Wohnstätte.

Dasselbe tun die Ordensleute, die in den Missionsgebieten ein Leben der Betrachtung führen. Sie gehen hin, um den Heidenvölkern das Evangelium zu bringen und sie zu heiligen, wortlos, indem sie schweigend Christus in ihre Mitte tragen; in der Eucharistie und in seinem Leben, dem evangelischen Leben, dessen Beispiel sie geben und dessen lebendige Abbilder sie sind.

60 Etwas vom Nützlichsten für die Bekehrung der Ungläubigen in den Kolonien ist die Ansiedlung zahlreicher wirklich christlicher Familien, die willens sind, als Laienmissionare zu wirken, während sie ihrer täglichen Arbeit nachgehen, so wie Aquila und Priscilla mit Paulus an der Bekehrung der Heiden arbeiteten, während sie Zelte herstellten.

61 Sich gegenseitig durch das Beispiel des schweigenden Gebets und eines in Gott versenkten Lebens zu erbauen, ist wertvoller, als sich durch Worte zum Guten ermuntern zu wollen.

62 Das Beispiel ist das einzige äußere Werk, durch welches man Seelen beeinflussen kann, die sich Christus gegenüber vollkommen ablehnend verhalten, die weder auf die Worte seiner Diener hören noch ihre Bücher lesen noch ihre Wohltaten empfangen, weder ihre Freundschaft annehmen noch irgendeine Verbindung mit ihnen haben wollen.

63 Nicht lange nach Bekehrungen trachten, sondern lieben, gut sein, rein leben und in enge Berührung mit den Eingeborenen kommen.

64 [*An de Castries*]
Bitten Sie Gott, lieber Freund, daß ich hier das Werk vollbringe, das er mir aufgetragen hat: durch seine Gnade ein kleines Kloster zu gründen, mit eifrigen, von Nächstenliebe erfüllten Mönchen, welche Gott aus ganzem Herzen lieben und den Nächsten wie sich selbst; eine Zauïa (Fraternität) des Gebets und der Gastfreundschaft, die eine solche Frömmigkeit ausstrahlt, daß die ganze Gegend davon erhellt und erwärmt wird; eine kleine Familie, welche die Tugenden des Herrn so vollkommen nachahmt, daß alle in der Umgebung anfangen, den Herrn zu lieben.

65 [*An denselben*]
... Es handelt sich auch nicht eigentlich um die Verkündigung des Evangeliums; ich bin dessen weder würdig noch fähig, und die Stunde dazu ist noch nicht gekommen; es handelt sich vielmehr um die Vorbereitung auf die Verkündigung, das Erwecken des Vertrauens und der Freundschaft, des Gefühls der Vertrautheit und der Brüderlichkeit bei den Hoggar und den Taitok.

66 [*An denselben*]
Sie wissen, was ich bei den Tuaregs suche; es geht mir darum, sie zu zähmen, Freundschaft mit ihnen zu schließen, allmählich diese Mauer von Vorurteilen, Argwohn, Mißtrauen, Unkenntnis, die sie von uns trennt, zum Einsturz zu bringen ... Das ist nicht das Werk eines Tages; ich beginne damit, das Land zu bebauen, andere werden folgen und weiterfahren.

67 Ich lache immer, zeige meine häßlichen Zähne. Dies Lachen versetzt den Nachbarn in gute Laune... es bringt die Menschen einander näher, hilft ihnen, sich besser zu verstehen, heitert manchmal ein düsteres Gemüt auf; es ist eine Tat der Nächstenliebe.

68 [*An de Castries*]
Meine kleine Arbeit geht weiter... eine Arbeit der Vorbereitung... Ich bin noch nicht einmal zum Säen gekommen; ich bereite die Erde, andere werden säen, wieder andere ernten ...Ich lebe von einem Tag zum andern und versuche einzig, jeden Augenblick, den Gott schenkt, seinen Willen zu tun. Sobald ich Grund habe zu glauben, er wolle, daß ich mich irgendwo festsetze anstatt umherzuirren, werde ich es tun; dies wird vielleicht bald sein; denn meine Berufung ist das Schweigen und die Klausur und nicht die Wanderschaft.

69 [*An denselben*]
Sie sehen, lieber Freund, daß die Fraternität von Beni-Abbès noch immer der Ort des großen Friedens, der großen Fröhlichkeit ist, der Ort, wo man Gott für seine große Herrlichkeit in heiterer Freude darüber dankt, daß Er Gott ist; der Ort, von dem aus man allem mit Vertrauen entgegensieht, weil Gott allmächtig ist und nur das geschieht, was Er zuläßt, und wir alles, was Er will, auch mit Ihm wollen.

70 Es steht ein Wort in der Heiligen Schrift, das wir meines Erachtens immer gegenwärtig haben sollten, nämlich, daß Jerusalem «in angustia temporum» wieder aufgebaut wurde. Wir müssen unser ganzes Leben lang «in angustia temporum» arbeiten. Schwierigkeiten sind kein vorübergehender Zustand, dessen Ende man abwarten muß wie bei einem Sturm, um nachher, wenn das Wetter wieder ruhig ist, an die Arbeit zu gehen; nein, sie sind der Normalzustand; wir müssen damit rechnen, daß wir uns für das Gute, das wir tun wollen, unser ganzes Leben lang «in angustia temporum» befinden werden.

71 Wie Er werden wir *immer* das Kreuz haben; wie Er werden wir immer verfolgt sein; wie Er werden wir immer dem Schein nach besiegt werden; wie Er werden wir immer in Wirklichkeit triumphieren. Und zwar im Maß, als wir der Gnade treu sind, als wir ihn in uns leben, in uns und durch uns handeln lassen. Wir sind mit dem Allmächtigen, und die Feinde haben nur soviel Macht, als Er ihnen zugesteht, um uns im Kampfe zu üben, zu heiligen und seiner Kirche und seinen Auserwählten geistige Siege – die einzig wahren, einzig ewigen – zu verleihen.

72 Die Kirche folgt durch alle Zeiten hindurch dem Leben ihres gekreuzigten Gemahls... Wie er, so leidet sie, ehe sie seine Herrlichkeit teilen wird... und ebenso alle Christen. Der Kampf zwischen dem Guten und dem Bösen dauert seit Anbeginn der Zeit und wird erst am Jüngsten Tag enden. Die Umstände wechseln, der Kampf bleibt; siegen werden alle, die gut gekämpft haben, auch wenn sie auf Erden hundertmal zu unterliegen schienen. Auf Erden selbst werden sie siegen; wenn sie zu ihren Lebzeiten ihren Sieg und die

Früchte ihrer Arbeit nicht sehen, dann werden ihre Nachfolger sie schauen, und sie selbst werden sie vom Himmel aus betrachten. Wir haben Christus mit uns, und wir mögen noch so schwach sein, wir sind stark in seiner unüberwindlichen Kraft. – Bitten Sie Ihn, daß ich nach seinem Willen arbeite. Gott hat die Menschen nie im Stich gelassen; es ist vielmehr der Mensch, der Gott im Stich läßt. *Er* hat kein größeres Verlangen, als seine Gnaden auszugießen.

73 Wenn wir im Dunkeln sind, in der Nacht, müssen wir uns hüten, den Mut zu verlieren, und gewiß sein, daß Gott über uns wacht und uns immer führen wird, ob wir es wahrnehmen oder nicht, vorausgesetzt, daß wir treu sind.

74 Vor allem muß man sich angesichts der Schwierigkeit nicht entmutigen lassen, sondern sich sagen: je schwerer, langwieriger und undankbarer ein Werk ist, mit desto größerer Eile muß man sich an die Arbeit machen und alle seine Kräfte anstrengen; das Wort des Johannes vom Kreuz soll unentwegt vor unsern Augen stehen: «Wir dürfen unsre Aufgaben nicht an unsrer Schwäche messen, sondern müssen die Anstrengungen nach unsern Aufgaben richten.»

75 Man muß soviel Gutes wirken als möglich und sich nicht über die Vergeblichkeit seiner Anstrengungen wundern; der Herr ist unser göttliches Vorbild: Er hat unermüdlich das Gute getan und in dieser Welt nichts als das Kreuz, die Schmach und die Dornen geerntet.

76 [*An de Castries*]
Was liegt schon daran, daß der Glaube immer seltener wird, daß nur noch Frauen und Kinder glauben und beten? Wenn unsre Religion die Wahrheit, wenn das Evangelium das Wort Gottes ist, müssen wir glauben und am Leben der Kirche teilnehmen, und wären wir überhaupt die einzigen.

Aber der Unglaube ist nicht so allgemein verbreitet, wie es scheint. Auch Elias wähnte, er sei allein, und doch hatte sich Gott andere Seelen aufbewahrt, von denen er nichts wußte, und die ihr Knie nicht vor Baal gebeugt hatten.

77 Unbedingtes Vertrauen, daß sich der Wille Gottes erfüllen wird, wenn ich treu bin, nicht nur trotz der Hindernisse, sondern dank der Hindernisse. Die Hindernisse sind das Zeichen dafür, daß eine Sache Gott gefällt. Die Schwäche der menschlichen Mittel wird zu einer Quelle der Kraft. Gott bedient sich der Gegenwinde, um uns in den Hafen zu führen.

78 Gutes wirkt man nicht im Maße dessen, was man sagt und tut, sondern in dem, was man ist, entsprechend der Gnade, die unsere Taten begleitet, im Maße, als Jesus in uns lebt und unsre Handlungen Handlungen des in uns und durch uns wirkenden Herrn sind. Um unserm Nächsten von Nutzen zu sein, müssen wir zuerst aus allen Kräften und ohne Unterlaß an unsrer eigenen Bekehrung arbeiten.

79 Benützen wir alle Mittel, die Gott selbst uns zur Verfügung stellt, um dem Nächsten Gutes zu tun, wie er es wünscht, und fügen wir immer das Gebet hinzu (die kräftigste aller unsrer Möglichkeiten der Aktion); aber vor allem müssen wir uns selbst heiligen, denn die Selbstheiligung wirkt so viel besser als alle andern Mittel zur Heiligung des Nächsten, daß alle übrigen daneben sozusagen nichts bedeuten. Vereint mit diesem Mittel der persönlichen Heiligung gewinnen die andern, wie schwach sie auch an sich sein mögen, eine unwiderstehliche Kraft; die unbedeutendsten Worte, das kleinste Beispiel, das geringste Gebet bewirken eine unendliche Wohltat für die Seelen. Ohne dies Mittel der Selbstheiligung bleiben alle Anstrengungen, aller Eifer, alle Beredsamkeit, alle Tugendbeispiele, alle Gebete wirkungslos. Wir müssen uns selbst heiligen, denn durch dieses Mittel werden wir die andern heiligen. Unser Herr ruft uns mit seinem eigenen Beispiel dazu auf: durch die Heiligkeit, so bedeutet Er uns, habe Er die Menschen geheiligt und nicht durch seine Werke, wie mächtig, vollkommen, göttlich diese immer sein mochten. «Ich heilige mich selbst für sie, damit auch sie geheiligt werden.»

80 [*An einen Freund*]
Wenn ich jeden Augenblick meinen kleinen Pflichten treu

wäre, wieviel Gutes könnte ich wirken! Aber um meiner ständigen Treulosigkeiten willen bin ich unfruchtbar und bleibe allein... Die Bekehrung des Volkes, unter dem ich lebe und das wahrscheinlich zum erstenmal den Besuch der heiligen Hostie empfängt, die Ankunft zahlreicher und eifriger Arbeiter des Evangeliums bei diesem Volk, all dies könnte ich vom Herzen des Herrn erlangen, wenn ich meine Pflicht täte; ich flehe Sie an, bitten Sie darum, und um meine eigene Bekehrung.

81 Mein innerliches Leben ist einfach. Ich sehe meinen Weg klar gezeichnet. Meine ganze Arbeit besteht darin, meine unzähligen Fehler zu bekämpfen und morgen dasselbe zu tun wie gestern, aber besser. Es ist der Friede, vermischt mit einer gewissen Trauer des Stolzes, der Eigenliebe und der Feigheit darüber, daß ich am Abend des Lebens erkennen muß, wie armselig ich bin und wie wenig Frucht ich gebracht habe.

82 Ich will tun, was ich kann, und Gott wird tun, was er will. Beten Sie für mich, damit ich so lebe, daß Gott sich meiner bedienen kann, um ein wenig Gutes zu wirken. Was auch kommen mag: bin ich gut, so wird mein kurzer Aufenthalt auf der Erde den Seelen von Nutzen sein; bin ich schlecht oder lau, so kann ich mich noch so sehr anstrengen, es wird nichts Gutes durch mich geschehen.

83 Der Gedanke an unsre Sünden muß uns sanft, duldsam, nachsichtig machen mit den andern, voll Hoffnung auf ihre Bekehrung und die Umwandlung einer jeden Seele, wie immer sie geartet sein mag.

84 Unsre Verdemütigung ist das wirksamste Mittel, das wir haben, uns mit Christus zu vereinen und den Seelen Gutes zu tun.

85 Gott hat Frankreich eine große Gnade erwiesen, als er ihm fünfzig Millionen ungläubiger Untertanen anvertraute, minderjährige Kinder, die es erziehen, im Evangelium unterrichten und zum Himmel führen darf; welche Gnaden wird Frankreich empfangen, wenn es diese Aufgabe erfüllt und die fünfzig Millionen teuer erkaufter Seelen rettet, für die Christus gestorben ist! Welche Züchtigung wird ihm widerfahren, wenn es aus strafbarem Leichtsinn, aus Gleichgültigkeit und Selbstsucht diese wichtige Pflicht versäumt, die ihm eigens anvertraut ist. Wie sehr verlangt es mich danach zu sehen, daß die gläubigen Christen Frankreichs sich ein wenig der algerischen Bevölkerung annehmen, da sie für sie zu sorgen haben wie Eltern für ihre Kinder; denn es ist französisches Land, und es geht zugrunde im Islam.

86 [*An de Castries*]
Gott ist größer als alle Dinge, die wir aufzählen können. Recht besehen verdient er allein unsre Gedanken und Worte; und wenn wir sprechen, wenn Sie sich mit dem Lesen meines Briefes abmühen und ich das Schweigen des Klosters breche, um Ihnen zu schreiben, so geschieht es, um uns gegenseitig zu helfen, ihn besser kennenzulernen und ihm besser zu dienen. Alles, was nicht dazu führt, Gott besser kennenzulernen und ihm besser zu dienen, ist Zeitverlust.

# WAHL

87 Das vollkommene Leben besteht darin, Christus innerlich und äußerlich nachzufolgen; innerlich, indem wir unsre Seele der Seinen ähnlich werden lassen, äußerlich, indem wir eine der drei Arten von Leben führen, die er uns als Beispiel gegeben hat: das verborgene Leben (Nazareth), das Leben in der Einsamkeit (die vierzig Tage in der Wüste), das öffentliche Leben (die drei Jahre der Predigt). Diese drei Arten des Lebens sind alle gleich vollkommen, da Jesus, zu allen Zeiten seines Lebens gleich vollkommen, gleich göttlich, alle drei geführt hat. Alle drei sind an sich gleich vollkommen; aber für uns ist es nicht gleich vollkommen, ob wir das eine wählen oder das andere; wir müssen unbedingt dasjenige wählen, in dem uns Gott haben will.

88 Bei den «Berufungen» besteht die Rolle der Menschen - wie es der Sinn des Wortes selbst schon sagt – , nur darin zu *hören*, *festzustellen* und zu *gehorchen*; sie haben keine Wahl zu treffen, sondern zu hören, den göttlichen Ruf festzustellen und dem Ruf zu gehorchen.

89 Man wählt seine Berufung nicht, man erhält sie, und man muß sich anstrengen, sie kennenzulernen, der Stimme Gottes sein Ohr leihen, die Zeichen seines Willens erspähen, die Mittel anwenden, die der Priester kennt, um zu erfahren, was Gott von der Seele will; und ist einmal der Wille erkannt, so muß man ihn tun, wie immer er sei, koste es, was es wolle.

90 [*An Mme de Bondy*]
Ich sehe jetzt ganz klar und ohne den geringsten Zweifel: meine Berufung, der Wille Gottes besteht darin, daß ich in der vollkommenen Gleichförmigkeit mit Seinem Leben Ihm nachfolge. (27. Juni 1895)

91 [*An dieselbe*]
Ich habe Dir meine Einstellung nach diesen paar Monaten des Studiums mitgeteilt: ich bin sehr froh, Theologie zu studieren; und zugleich wünsche ich mehr als je, nicht Priester zu werden. Meine Anhänglichkeit an den letzten Platz habe ich nicht aufgegeben... Es lag unserm Herrn zu viel daran.

92 [*An dieselbe*]
Ich studiere nach besten Kräften, da man will, daß ich studiere; ich tue es mit um so größerem Eifer, als Abbé Huvelin mich dazu drängt; ich finde großen Geschmack daran, da es an sich sehr interessant ist. Am Tage aber, da diese Arbeit ein Ende hat und ich unserm Herrn in seine armselige kleine Werkstatt nach Nazareth folgen und mit Ihm darin arbeiten darf, werde ich sehr glücklich sein.

93 [*An dieselbe*]
Mit der letzten Post habe ich ausführlich an Abbé Huvelin geschrieben, um ihm dasselbe zu sagen wie Dir, nur mit mehr Einzelheiten. Da ich sehe, daß es nicht möglich ist, bei den Trappisten das Leben der Armut, der Erniedrigung, der wirklichen Loslösung, der Demut, ja nicht einmal der Einkehr unseres Herrn in Nazareth zu führen, habe ich mich gefragt, ob der Herr mir dies Verlangen so lebendig eingegeben hat, damit ich es zum Opfer bringe, oder – da keine einzige Kongregation in der Kirche heute die Möglichkeit bietet, mit Ihm das Leben zu führen, das Er in dieser Welt geführt hat – ob es nicht angezeigt wäre, einige Menschen zu suchen, mit denen man den Anfang einer kleinen Gemeinschaft dieser Art bilden könnte. Das Ziel bestünde darin, so getreu wie möglich das Leben unsres Herrn zu führen, ausschließlich von der Arbeit seiner Hände zu leben, ohne irgendeine freiwillige Spende anzunehmen oder zu betteln, einfach indem man alle seine Räte wörtlich befolgt, nichts besitzt, jedem gibt, der bittet, nichts beansprucht, so viel

als möglich allem entsagt; in erster Linie, um unserm Herrn gleichförmiger zu werden, aber fast ebensosehr, um Ihm soviel als möglich geben zu können in der Person der Armen.

94 [*Der Herr über das Leben in Nazareth*]
«Während dieser dreißig Jahre lasse ich nicht nach, euch zu lehren, nicht durch Worte, sondern durch mein Schweigen und mein Beispiel. Ich lehre euch zunächst, daß man den Menschen Gutes tun kann, viel Gutes, Gutes von unendlicher, von göttlicher Art, ohne Worte, ohne Predigt, ohne Lärm, schweigend und indem man das gute Beispiel gibt. Das Beispiel der Frömmigkeit, der liebenden Pflichterfüllung Gott gegenüber, der Güte gegen alle Menschen, des liebevollen Benehmens gegen unsre Umgebung, der gewissenhaften Erfüllung der häuslichen Aufgaben; das Beispiel der Armut, der Arbeit, der Erniedrigung, der Sammlung, der Einkehr, der Unscheinbarkeit eines in Gott verborgenen Lebens, eines ganz in Gott verlorenen und untergetauchten Lebens des Gebets, der Buße, der Einkehr. Ich lehre euch, von der Arbeit eurer Hände zu leben, damit ihr niemandem zur Last fallt und den Armen mitteilen könnt, und ich verleihe diesem Leben eine unvergleichliche Schönheit, die Schönheit meiner Nachfolge.»

95 [*An sich selbst*]
Dein Herr hat dir mit einer Barmherzigkeit, einer Güte, einer Zärtlichkeit, die nichts Menschliches haben und ganz göttlich sind, so wie sie nur aus Gottes Herzen hervorgehen können, Sein Leben in Nazareth geschenkt, in einer Vollkommenheit, Genauigkeit, Gleichförmigkeit, wie es deinem langjährigen und brennenden Wunsch entspricht, den Er selbst dir eingegeben hat, und wie du selbst es nie hättest erhoffen, verstehen, träumen und noch weniger verwirklichen können!

Du hast Seine Erniedrigung als geringer Knecht im Arbeitskleid, ein kleiner Handlanger wie er; du hast Seine Armut, du besitzest nichts in der Welt, du lebst in deiner Hütte, und morgen stehst du vielleicht auf der Straße; du bist verkannt (außer von den beiden Menschen, die für dich an Gottes Stelle stehen und dich gutheißen), du lebst im Haus der frommen Schwestern wie Er im Haus seiner Eltern; du gehorchst ihnen wie Er seinen Eltern; du lässest alles mit dir geschehen, wie Er es tat; alles in deinem Leben ist äußerlich gering, gewöhnlich, unscheinbar, wie bei Ihm... Sein ganzes verborgnes Leben ist dir zuteil geworden; Er hat es dir mit eigener Hand bereitet, in allen Stücken, so vollkommen, daß du daran nichts ändern kannst, ohne dieser göttlichen Gleichförmigkeit zu schaden, so vollkommen, daß du mit dem besten Willen dieser glückseligen Ähnlichkeit nichts mehr hinzufügen kannst.

96 [*An Abbé Caron**]
Ich bin ein alter Sünder, der am Tag nach seiner Bekehrung von Christus einen unwiderstehlichen Zug zu seinem Leben in Nazareth empfangen hat. Ich habe mehrere Jahre in diesem gesegneten Nazareth als Knecht und Sakristan des Klarissinnenklosters verbracht und habe den Ort nur verlassen, um vor fünf Jahren zum Priester geweiht zu werden... In meinen letzten Vorbereitungsexerzitien auf das Diakonat und die Priesterweihe wurde mir klar, daß ich dies Leben in Nazareth, meine Berufung, nicht in dem geliebten Nazareth, sondern unter den kränksten Seelen, den verlassensten Schafen führen muß... Ich habe auf meine Bitte vom Apostolischen Präfekten der Sahara die Erlaubnis erhalten, mich in der algerischen Sahara niederzulassen und dort in Einsamkeit, Klausur und Schweigen, bei der Arbeit meiner Hände und in der heiligen Armut, allein oder mit einigen Priestern

* Abbé Caron war Direktor eines Gymnasiums in Versailles und Verfasser eines Buches über die Jugendjahre Christi.

oder Brüdern im Laienstand ein Leben zu führen, das dem verborgenen Leben des geliebten Herrn in Nazareth so ähnlich sieht als möglich.

97 [*Der Herr spricht*]
«Deine Regel: mir nachfolgen... Tun, was ich täte. Frage dich in allen Dingen: Was hätte unser Herr getan? und handle ebenso. Dies ist deine einzige Regel, aber es ist deine unbedingte Regel.»

98 [*Der Ort der Nachfolge*]
Dort, wo es am vollkommensten ist. Nicht dort, wo die menschlichen Aussichten auf Novizen, kanonische Vollmachten, Geld, Ländereien, Unterstützung am größten sind; nein, sondern dort, wo es an sich am vollkommensten ist, am vollkommensten nach den Worten Jesu, am meisten in Übereinstimmung mit der evangelischen Vollkommenheit, der Inspiration des Heiligen Geistes, dort, wo Jesus hinginge: zum verirrtesten Schaf, zum kränksten Bruder, zu den Verlassensten, zu jenen, welche die wenigsten Hirten haben, die in den dichtesten Finsternissen, in den tiefsten Todesschatten sitzen, zu jenen, die in den stärksten Fesseln des Teufels, in der dunkelsten Blindheit gefangen sind, zu den Verlorensten.

99 Eine einzige Seele ist mehr wert als das ganze Heilige Land und als die Gesamtheit aller Geschöpfe, wenn sie sinnlos zusammengehäuft sind. Man muß nicht dahin gehen, wo die Erde am heiligsten ist, sondern wo die Seelen in größter Bedrängnis sind.

100 Mich besonders der verlorenen Schafe, der Sünder, der Schlechten annehmen; nicht die neunundneunzig verlorenen Schafe im Stich lassen, um behaglich mit dem treuen Schaf in der Hürde sitzen zu können... Die natürliche Strenge besiegen, die ich gegen die Sünder empfinde, und

auch diesen Ekel, und sie durch Mitleid, Anteilnahme, Eifer und selbstvergessene Sorge um ihre Seelen ersetzen.

101* Seelen, die zu jedem Opfer entschlossen sind und nur nach dem einen dürsten: Jesus restlos zu verherrlichen, indem sie Ihm nachfolgen und Ihm gehorchen: solche Seelen werden das Werk des Herzens Jesu vollbringen, Marokko bekehren und von diesem Sieg zu weiteren Siegen schreiten. Falls Apostel-Priester, von diesem Durst entbrannt und bereit, mit und für Jesus zu sterben, alles für Ihn zu entbehren, sich mit dem Armseligen, der Ihnen schreibt, vereinen wollen, um zu versuchen, Jesus nachzufolgen und Ihn zu verherrlichen, so mögen sie hieherkommen, wo ich über die nötigen Hilfsmittel verfüge, eine kleine Vorhut zu bilden und sie in nächster Zeit nach Marokko zu werfen.

102 Ich bin allein, und das bildet eine Schwierigkeit für den kleinen Abstecher nach Marokko, den ich in einigen Wochen vorhabe; es wäre nämlich von großem Nutzen, einen auserwählten Gefährten zu haben, der mir in meinem Elend beistände, damit jede Unschicklichkeit oder Entweihung vermieden werden könnte... Dies müßte viele locken, denn es heißt geradezu den Ruhm anbieten, weil die Gefahren groß sind... Aber trotz meinem Verlangen nach Gefährten will ich doch lieber allein bleiben, als welche haben, die nicht wirklich von Christus gerufen und wahre Jünger Seines Herzens sind. Ich habe drei Dinge verlangt von denen, die kommen wollen: erstens bereit zu sein, ihr Blut ohne Widerstand dahinzugeben. Zweitens bereit zu sein, Hungers zu sterben. Drittens mir zu gehorchen trotz meiner Unwürdigkeit.

103 Wenn die Brüder und Schwestern denselben Eifer für die Seelen, dieselben Tugenden wie die Christen der ersten

* Der Adressat der folgenden beiden Briefstellen ist nicht bekannt.

Jahrhunderte besitzen, dann werden sie dieselben Werke vollbringen. Versteckt, verborgen, heimlich wie jene werden sie das Gute wirken, das sie nicht offen tun können. Die Liebe wird ihnen den Weg zeigen, und Jesus wird die Bemühungen, die er ihnen eingibt, Frucht tragen lassen.

104 Mach deine Gewissenserforschung: Sind deine Wege so hart wie die des Kindes, das in der Felsenhöhle geboren wird, nach Ägypten flieht, in der Werkstatt des Zimmermanns aufwächst; wie die des Mannes, der mit der Arbeit seiner Hände die verwitwete Mutter ernährt, in der Wüste fastet, als armer, verfolgter, bedrohter Missionar die Städte und Dörfer durchzieht, nach Kalvaria hinaufsteigt? Bist du so arm wie der arme Arbeiter von Nazareth? Verbringst du wie Er, nach der harten Arbeit des Tages, deine Nächte im Gebet; wachst du mit demselben Feuer, mit derselben Ausdauer und Beharrlichkeit? Arbeitest du wie Er mit deinen Händen, um dein Brot zu verdienen? Bist du ebenso klein wie er in den Augen der Menschen?

– Nein. – Du folgst Ihm also nicht nach. Du teilst sein Leben nicht. Du ahmst Ihn nicht nach. Wohin gehst du, was tust du, welchem Weg folgst du? Wohin verirrst du dich, weitab vom «Weg, der Wahrheit und dem Leben», fern vom Geliebten, fern vom einzigen Gut?

105 Die unbedingte, vollkommene Armut, die nicht nur darin besteht, «nicht *mehr* in seinem Besitz und Gebrauch zu haben als ein armer Handlanger», wie ich es gelobt habe und wie die Nachfolge Christi es verlangt... die unbedingte Armut ist mehr als das: es ist die Armut des Geistes, die Du selig gepriesen hast, mein Gott, die bewirkt, daß alles Materielle vollkommen bedeutungslos wird, daß man mit allem bricht, alles zerstört, wie Maria Magdalena in Sainte-Baume; jene Armut, die nicht die geringste Anhänglichkeit an etwas Zeitliches übrigläßt, das Herz vollkommen leert und es mit seiner ganzen Fassungskraft Gott allein überläßt. Dann füllt Gott es, Er gebietet darin, nimmt es ganz in Beschlag, und unmittelbar unter Sich, im Hinblick auf Ihn und für Ihn, gibt Er der Liebe zu allen Menschen, seinen Kindern, darin ihren Platz. Das Herz enthält und kennt fortan nur noch diese beiden Arten der Liebe; alles übrige existiert für es nicht mehr, und es lebt auf Erden, als wäre es nicht hienieden, versunken in die unaufhörliche Betrachtung des einen Notwendigen, des *alleinigen Seins*, und Fürbitte einlegend für diejenigen, die das Herz Gottes lieben will.

106 Mit Hilfe der göttlichen Gnade die völlige *Loslösung* von allem, was nicht Gott ist, die *Armut des Geistes* zu erlangen suchen, welche weder kleine Gedanken noch kleine Sorgen, weder kleine Beunruhigungen noch eigennützige Gedanken materieller oder geistiger Art, nichts Weltliches, Kleinliches, Nichtiges mehr aufkommen läßt; die Seele ganz leeren und darin nichts übriglassen als den alleinigen Gedanken und die alleinige Liebe Gottes.

107 Wer auf Erden nichts besitzt und nichts liebt, ist innerlich vollkommen frei; alles ist ihm gleich; ob man ihn

da oder dort hinschickt, was verschlägt's; er will nirgends etwas, er besitzt nirgends etwas; er findet überall Den, von dem allein er alles erwartet, Gott, der ihm immer gibt, was das Beste ist für seine Seele, vorausgesetzt, daß er treu ist.

108 Unsere Herzen sollen ganz arm sein, entblößt, leer, frei, losgelöst von allem, was nicht Gott und Christus ist, um ganz reich und überfließend zu sein von Seiner Liebe, voll von Seiner Liebe, gefangen von Seiner Liebe, Ihm allein anhängend.

109 Messen wir den Ereignissen dieses Lebens und den materiellen Dingen keine Bedeutung bei; es sind die Träume unsrer Herbergsnacht; das huscht vorüber wie Traumgebilde und ohne Spuren zu hinterlassen.

110 Alles, was wir an materiellen Gütern mehr besitzen als Er, zeigt nur um so deutlicher, wie sehr wir von Ihm verschieden sind.

111 Je mehr uns alles fehlt, um so mehr gleichen wir dem gekreuzigten Herrn... Nichts mehr und nichts Besseres besitzen, als was Jesus von Nazareth besitzen konnte. Sich freuen und wünschen, eher weniger als mehr zu besitzen.

112 Wir dürfen uns das Heim der heiligen Familie nicht so vorstellen, wie es die Maler mit Vorliebe schildern, wie es sich viele gern ausdenken, mit einer wohltuenden Behaglichkeit; ein arbeitsames Leben, jedoch weder übertrieben arm noch übertrieben streng, das Heim eines Arbeiters ohne Luxus, wo aber nichts fehlt und alles vorhanden ist, was das Heim eines tüchtigen Arbeiters für gewöhnlich verschönert, dank der Arbeit des heiligen Joseph und der schmückenden Hand Marias...

Nein, sie lebten nicht in der Behaglichkeit, in der die weltlich oder halbwegs weltlich Gesinnten sich zu ihrem Unglück so wohl fühlen, weil sie nicht begreifen, wie schädlich sie ist, nicht an sich, aber für den Menschen, den sie infolge der Verderbtheit der menschlichen Natur von Gott trennt. Sie lebten in klösterlicher Armut, in klösterlicher Buße, und zwar in einer Vollkommenheit der Armut und der Buße, wie sie bei Heiligen wie Maria und Joseph anzunehmen ist.

113 [*Betrachtung über die Hirten an der Krippe*]
Jesus wählt sich die Menschen für die Anbetung selbst aus. Als erste bestimmt Er arme Hirten dazu. Immer dieselbe Herablassung, immer dieselbe Liebe zur Armut und zu den Armen! Der Herr weist die Reichen nicht zurück, Er ist für sie gestorben, ruft sie alle, liebt sie, aber Er weigert sich, ihren Reichtum zu teilen, und Er ruft die Armen als erste.

Das ist die göttliche Weisheit Deiner Güte, mein Gott! Hättest Du die Reichen zuerst gerufen, so hätten die Armen Dir nicht mehr zu nahen gewagt; in der Meinung, abseits bleiben zu müssen wegen ihrer Armut, hätten sie Dich von weitem betrachtet und die Reichen Dich umgeben lassen. Aber indem Du die Hirten als erste kommen ließest, hast Du alle Menschen, alle, zu Dir gerufen: die Armen, weil Du ihnen damit gezeigt hast, bis ans Ende der Zeiten, daß sie die Erstberufenen, die Lieblinge, die Bevorzugten sind; aber die Reichen ebenso, denn einerseits sind sie nicht schüchtern, und anderseits hängt es von ihnen ab, ob sie so arm werden wollen wie die Hirten; in einer Minute, wenn sie es wünschen, wenn sie das Verlangen haben, Dir ähnlich zu werden, wenn sie befürchten, daß ihr Reichtum sie von Dir fernhält, können sie vollkommen arm werden.

114 Verachten wir die Armen, die Kleinen, die Handlanger nicht; sie sind nicht nur unsre Brüder in Gott, sondern auch diejenigen, die den Herrn am vollkommensten in Seinem äußern Leben nachahmen: Sie sind für uns das vollkommene Abbild Christi, des Handlangers von Nazareth... Ahmen wir

sie nach, und da wir sehen, daß ihr Stand der beste ist, derjenige, den Christus selbst gewählt hat, für Sich und für die Seinen, den er als ersten an Seine Wiege gerufen und durch Seine Taten und Worte als Seinen bevorzugten Lieblingsstand erwiesen hat, wollen wir ihn auch annehmen. Lassen wir alle übrigen, da Jesus sie gelassen hat; stellen wir uns an denselben Platz wie Christus, wie seine Eltern... und wenn Er uns je zum Apostolat beruft, wollen wir in diesem Leben so arm bleiben, wie Er selbst darin blieb, so arm wie Paulus, «sein getreuer Nachahmer», darin blieb. Hören wir nie auf, in allem Arme zu sein, Brüder der Armen, Gefährten der Armen, seien wir die Ärmsten der Armen wie Christus; laßt uns wie Er die Armen lieben und in ihrer Mitte leben.

115 Das beste Mittel, nichts zu entbehren, besteht darin, immer sehr freigebig mit den Armen zu teilen und dabei in ihnen die Stellvertreter Christi und Christus selbst zu sehen.

116 Die Sinne sind um den kommenden Tag besorgt, sie fragen sich, wie morgen leben; der Glaube ist ohne jede Besorgnis.

117 Der Herr erlaubt Seinen Dienern keinen Zweifel daran, daß sie immer das tägliche Brot haben werden in dem Maße, als es für ihre Seelen gut ist... Und es ist sehr wohl berechtigt, daß Er ihnen jeden Zweifel, jede Beunruhigung, jede Sorge in dieser Hinsicht verbietet; es ist aus zwei Gründen sehr berechtigt; einmal, weil Er ihnen gesagt hat: «Suchet Mein Reich und seine Gerechtigkeit, und alles übrige wird euch hinzugegeben werden.» Mit diesem Wort hat sich der Herr verpflichtet, all Seinen Jüngern, allen, welche die Armut des Rätelebens umfangen, um Ihm nachzufolgen, das Nötige zu geben (in dem Maße, als es ihnen zuträglich ist), wenn sie Ihm gut dienen; darnach noch zweifeln, ob man das Nötige haben werde, sich Sorgen machen um zeitliche Dinge,

tun... aber wünschen wir, daß unser Leben, unsre Gesundheit, unsre Kräfte, alles was wir sind, nach dem Willen Gottes gebraucht wird.

124 Ich bin der Sklave des göttlichen Herzens. *Diese* Sklaverei will ich nicht abschaffen; ich bitte vielmehr den göttlichen Geliebten, die Ketten auf ewig und immer fester zu schmieden.

125 [*Der Herr spricht*]
«Gehorche, verbreite die Lehre vom Gehorsam gegen Meine Stellvertreter, stelle Mich als Beispiel des Gehorsams auf ,et erat subditus illis'; Ich habe dich absichtlich nach Nazareth gesandt, damit du dort den Menschen das Beispiel des Gehorsams gebest, so wie Ich es dort der Welt dreißig Jahre lang gegeben habe. Wenn man in Nazareth ist, muß man Menschen gehorchen: ,et erat subditus illis'. Das ist die unumgängliche Bedingung für Meine Nachfolge. Wie kann jemand glauben, er folge Mir nach, wenn er das nicht tut, was die Hauptsache war in Meinem Leben, so sehr die Hauptsache, daß der Heilige Geist Mein ganzes Leben während der dreißig Jahre in Nazareth in diesem einen Wort, dieser einen Sache zusammengefaßt hat, dem Gehorsam gegen Menschen? Der Heilige Geist hat Mein ganzes Leben in Nazareth, Mein ganzes verborgenes Leben, zehn Elftel Meines Lebens, ausschließlich in dieser einen Tugend, diesem einen Wort ,Gehorsam gegen Menschen' zum Ausdruck gebracht, um diese Tugend vor allen andern hervorzuheben und dadurch, daß Er von ihr allein spricht, sie allein nennt, jede Unklarheit und jeden Zweifel auszuschließen über die hervorragende Bedeutung, die Ich ihr gebe, über meinen Willen, dieses Beispiel, diese Lehre des ,Gehorsams gegen Menschen' allen andern voranzusetzen während der dreißig Jahre von Nazareth, und zwar so sehr, daß die andern alle daneben verschwinden, zurücktreten, als existierten sie nicht. Neben

dieser einen Lehre verschwindet die Tragweite der übrigen, trotz ihrer Wichtigkeit, und sie ist nicht der Rede wert; was nicht heißen will, diese andern Lehren, die Armut, die Erniedrigung, die Sammlung, die Unscheinbarkeit, das Schweigen, die Arbeit, das Gebet, die Buße, die kindliche Liebe usw. hätten keine Bedeutung, weit davon entfernt; sie spielen eine sehr große Rolle, allein wie groß sie auch sei, neben dem ‚Gehorsam gegen Menschen', gegen einen Stellvertreter Gottes, dem echten, im Hinblick auf Gott geleisteten Gehorsam, neben diesem Gehorsam gegen Menschen scheint die Bedeutung großer und schöner anderer Tugenden, deren Beispiel ich in Nazareth gegeben habe, überhaupt nicht zu existieren; sie kann jedenfalls mit Stillschweigen übergangen werden, so sehr wird sie von derjenigen des Gehorsams gegen alle Menschen im Hinblick auf Gott überragt, und um soviel höher steht mein Verlangen nach diesem Gehorsam. Um diesen Willen recht deutlich zu machen und die Menschen, die Mein verborgenes Leben nachahmen wollen, vor allem und über alles von der Notwendigkeit zu überzeugen, daß sie sich in erster Linie andern Menschen im Gehorsam unterstellen müssen, habe Ich alles übrige mit Stillschweigen übergangen und Mein ganzes Leben in Nazareth in diese drei Worte zusammengefaßt: ‚und er war ihnen untertan'. Daher, mein Kind, gehorche, und nochmals gehorche; gehorche und verbreite die Lehre vom Gehorsam; der Gehorsam ist die Blume, die nach Meinem Willen in Nazareth blühen soll; denn Ich selbst habe sie dort zum Blühen gebracht, ihren Duft habe Ich dort verbreitet, den einzigen, von dem das Evangelium spricht, weil er alle andern an Wohlgeruch übertrifft.»

126 Machen wir es wie die Weisen aus dem Morgenland: Sobald ein Stern am Horizont unsrer Seele erscheint, sobald wir den Eindruck haben, Gott wünsche etwas von uns – eilen wir nach Jerusalem, zur heiligen Kirche, zum Priester,

ihrem Stellvertreter und dem Stellvertreter Christi, und legen wir ihm alles vor, was den Stern betrifft, den wir glaubend wahrgenommen zu haben; tun wir es in großer Eile, ohne Aufschub, ohne auch nur im geringsten zu zögern gegenüber dem Willen des Geliebten. Wer liebt, der fliegt beim kleinsten Zeichen des Geliebten; so müssen wir eilen beim geringsten Anschein, dies oder jenes könne der Wille Christi für uns sein, fliegen zu unserm geistlichen Vater, um von ihm, dem Jesus gesagt hat: «Wer euch hört, hört mich», zu erfahren, ob der Stern wirklich von Gott kommt, *ob* man ihm folgen, *wie* man ihm folgen, was man denken, sagen, tun soll. Die Eile und der Eifer, unsern geistlichen Vater über alles auf dem laufenden zu halten, was sich in unsrer Seele begibt, ist das Maß unsrer Liebe zu Jesus; denn es ist das Maß unsrer Eile und unsres Eifers, Seinen Willen zu tun.

Die Weisen geben sich nicht damit zufrieden, nach Jerusalem zu ziehen, die Kirche zu befragen, den Deuter des göttlichen Willens um Rat zu bitten; nachdem sie die erbetene Antwort erhalten haben, erfüllen sie pünktlich, was ihnen aufgetragen wurde. Man hat ihnen befohlen: Geht nach Bethlehem, auf der Stelle brechen sie auf und gehen nach Bethlehem... Tun wir wie sie: lassen wir es nicht dabei bewenden, unsre Seele unsrem geistlichen Vater zu eröffnen; tun wir alles, was er uns sagt, gehorchen wir ihm vollkommen, nicht als ob wir ihm selbst gehorchten, sondern Gott, der ihm gesagt hat «Wer euch hört, hört mich». Gehorchen wir ihm unverzüglich, pünktlich, restlos, freudig und liebevoll, mit dem Eifer, dem Feuer, der Begeisterung und der Liebe, mit der man dem Geliebten gehorcht. Sind wir Gott in dieser Weise gehorsam, wenn Er durch Seinen Stellvertreter zu uns spricht, dann wird der Stern wieder erscheinen, dann wird das Licht in uns aufgehen und die Ungewißheiten und Zweifel, welche unsre Seele verdunkeln, werden schwinden, die Gnade wird uns mit Klarheit und Kraft überfluten, wir werden in Zuversicht und großer Freude auf dem Weg vorangehen, auf dem Gott uns haben will, und Er selbst wird uns durch sichere Zeichen den genauen Ort angeben, zu dem Er uns führen will.

127 Gebet und äußerste Sorgfalt bei der Wahl des Beichtvaters; ist er einmal gewählt, *Glaube* an das Wort «Wer euch hört, hört mich» und *liebender Eifer* im Befolgen des göttlichen Willens, der sich durch Seinen Stellvertreter kundtut.

128 [*An de Castries*]
Gott hat Ihnen nicht wie mir die Gnade geschenkt, vom ersten Tag an einen unvergleichlichen Beichtvater zu finden; zweifellos hat Er mir diesen Halt um meiner Schwachheit willen gegeben und bewahrt... Da Er sah, daß Sie stärker sind, hat Er Sie bis jetzt diese Gnade entbehren lassen. Ich hoffe aber dennoch, daß Er Sie eines Tages dem geistlichen Führer begegnen läßt, den Ihre Seele braucht; denn ein guter Führer ist eine unendliche Hilfe und Wohltat, da die Kenntnis des geistlichen, innerlichen Lebens alle andern weit überragt und ein guter Lehrer dafür um so wertvoller ist...

129 Je vollkommener unser Gehorsam gegen den Beichtvater ist, um so vollkommener ist unsre Hingabe an Gott.

130 Lassen wir uns durch nichts davon abhalten, allein im Licht des *Glaubens*, des Glaubens an das Wort «Wer euch hört, hört mich», im Gehorsam gegen die Stellvertreter Gottes, unsern Weg zu gehen, wenn Sein Wille für uns in Dunkel gehüllt ist. Falls wir im *Glauben* verharren, durch den *Gehorsam*, wird Gott die Schatten schwinden lassen, nachdem Er uns darin genug geprüft und gekräftigt und diese Prüfung zu unserm Fortschritt und Verdienst hat andauern lassen, und klar und leuchtend wird er unsern Augen den Stern der innern Erleuchtungen, den Stern der Kenntnis Seines Willens erstrahlen lassen.

131 Je länger die Dunkelheit anhält, um so mehr müssen wir uns mit unüberwindlicher Kraft an dies Leben des *Glaubens* anklammern, durch den *Gehorsam*, unsre einzige Hilfe, unsre einzige Sicherheit, unser einziges Mittel, nicht fern vom Willen des Geliebten und vom Geliebten selbst in die Irre zu geraten. Um so mehr müssen wir auch mutig an unserer inneren Reinigung arbeiten, um alles zu vernichten, was in uns nicht dem Willen Gottes entspricht, um unsre Fehler abzulegen, unsre schlechten Gewohnheiten in gute zu verwandeln, uns umzukehren, zu heiligen und in allem der Gnade treu zu sein; denn das Anhalten der Dunkelheit bedeutet für gewöhnlich, – nicht immer, aber für gewöhnlich – daß die Seele nicht rein genug ist, als daß Gott in ihr und durch sie seine Absichten verwirklichen kann. Er verhüllt seinen Willen vor ihr, weil ihre Unreinheit, ihre Fehler, ihre Schwäche, Feigheit und gewohnheitsmäßige Treulosigkeit sie unwürdig und unfähig zur Erfüllung machen. Gott tut viel, fast alles in uns, durch seine Gnade; aber Er will auch, daß wir selbst etwas tun, daß wir unsern Kräften entsprechend mit der Gnade zusammenwirken. Sind wir täglich schwach und untreu in den kleinen Dingen, kann er uns keine größern Werke zumuten. Übersteigt schon etwas ganz Geringes täglich unsern Mut, wie könnte er zu einem Werk ausreichen, das viel mehr verlangt? Gott kann uns erst dann Seinen Willen kundtun, uns zu ausgedehnten Werken gebrauchen, die viel zu Seiner Ehre beitragen, wenn wir uns dessen würdig und fähig erwiesen haben, indem wir uns treu erzeigen in der Ausführung der beschränkten Werke, die wir täglich zu Seiner Ehre vollbringen können.

132 Verlieren wir den Mut nie in der Dunkelheit, sondern umfangen wir immer fester den unbedingten Willen, in allem das zu tun, was Gott am meisten zur Ehre gereicht, in seiner unbedingten Liebe; befolgen wir alles, was Gott, alles, was die Kirche zur Erkenntnis und Befolgung des göttlichen

Willens vorschreibt, und seien wir gewiß, daß wir uns bei einer solchen Einstellung und Handlungsweise nie täuschen können, wie dicht auch die Finsternisse sein mögen, in denen wir wandeln; denn Gott leitet ohne unser Wissen unsre Schritte bis zu jenem Augenblick, da es Ihm gefällt, uns das Licht zu schenken und uns den Weg zu weisen, auf den Er uns ruft.

133 Eine Seele, die in die Nacht getaucht ist, aber spürt, daß sie Gott allein will, und sieht, wie sie Ihm restlos ergeben ist durch den vollkommenen Gehorsam gegen Seinen Stellvertreter, eine solche Seele muß sich sagen, daß sie durch diese Nacht wie «in den Schoß ihrer Mutter zurückgekehrt ist», nach dem Wort des Nikodemus, um für ein neues Leben wiedergeboren zu werden, das Leben der reinen Liebe, das um so strahlender sein wird, je tiefer die Nacht gewesen ist, aus der es auftaucht.

134 Auf dem Kreuzweg sehen wir Dich dreimal fallen, mein Gott, als sollten wir in dieser Stunde der übermenschlichen Leiden vor allem von Dir lernen, daß man sein Kreuz bis zum Umfallen tragen muß und es nicht niederlegen soll, wenn Gott es gegeben hat, sondern es tragen wie Er, bis wir fallen, ohne uns wieder erheben zu können. Es ist nicht nötig, daß wir ausschreiten, nicht nötig, daß wir am Leben bleiben (Jesus ist mit dreiunddreißig Jahren gestorben); aber es ist unbedingt nötig, daß wir in allem den Willen Gottes tun, und wenn Er uns ein Kreuz auferlegt, müssen wir es tragen und unter Umständen darunter stürzen und wieder stürzen, bis Gott selbst es uns abnimmt.

135 Im Zweifel immer auf die Seite des Gehorsams neigen. Möglichst viele Akte des Gehorsams leisten, nicht nur, um sicher den Willen Gottes zu tun, sondern auch, um Jesus nachzuahmen, wie Er in Nazareth untertan war; um Ihm zu

gehorchen, der uns befiehlt, wie die Kinder zu werden; um Jesus im Himmel so viel als möglich zu lieben, auf ewig, am besten Platz, der denen vorbehalten ist, die am kleinsten unter allen geworden sind, durch den Gehorsam gegen die andern Menschen und die Demut, die dieser Gehorsam verlangt.

136 Wenn uns der Wille Gottes einmal bekannt ist, müssen wir ihn aus allen Kräften erfüllen; solange er aber unbekannt bleibt, muß man ihn mit den sichersten Mitteln zu erfahren suchen. Für Fragen der Berufung ist nur einer zuständig: der Beichtvater.

137 [*Johannes der Täufer spricht*]
Ich sage nicht, daß Jesus dich immer in diesem Leben (Nazareth) belassen wird; das ist Sein Geheimnis; du aber lebe unentwegt darin, ohne ein anderes zu wünschen, an ein andres zu denken, dich auf ein anderes zu bereiten (außer Gott gebe dir den Befehl dazu durch Seinen Stellvertreter), bis Gott dich entweder zu sich ruft, von Nazareth, wie Er es mit deinem Vater, dem heiligen Joseph, tun wird, der unter uns weilt, oder dich in die Wüste ruft, wie Er es mit deinem Bruder Jesus tun wird, oder aber dich zum Leben in der Öffentlichkeit beruft, wie Er es ebenfalls mit deinem Bruder Jesus und mit mir tun wird.

Im Grund deiner Seele sollst du an keine dieser Lebensweisen mehr Anhänglichkeit haben als an die beiden andern, da alle drei doch vollkommen sind; mit der gleichen Bereitschaft sollst du beim geringsten Wort Gottes diejenige der drei ergreifen, die Er wünscht; verlasse nie von dir aus das Leben, in das Er dich versetzt hat, ohne seinen ausdrücklichen Befehl... Lebe daher, als ob du Nazareth nie verlassen würdest, in unendlicher Dankbarkeit dafür, daß Er sich gewürdigt hat, dir eine Lebensweise zu geben, die der Seinen so ganz entspricht... in vollkommenem Gehorsam gegen Den, der dich jeden Augenblick den Willen deines himmlischen Vaters lehrt... und nimm dir vor, immer und allezeit diesen heiligen Willen zu tun, wie er auch beschaffen sein möge.

138 Es ist nicht unsre Sache, uns selbst die Sendung als Apostel, als Arbeiter des Evangeliums, als Seelenhirte zu verleihen. Das steht allein den Priestern als den Stellvertretern Gottes, vor allem unserm Beichtvater zu.

139 [*Der Herr spricht*]
«Ich sage dir: unbedingt und an erster Stelle Gehorsam; darin ist alles enthalten; Ich sage dir: bedingt Priestertum, das heißt, wenn der Gehorsam dich dazu einlädt; ich sage dir nicht, wenn er dich dazu zwingt, wenn er es dir befiehlt; ich sage dir, wenn er dir darin das Vollkommenere zeigt, wenn eine bevollmächtigte Stimme, kurz, wenn Meine Stimme dich dazu einlädt... Erstens Gehorsam und zweitens aus Gehorsam Priestertum... so wirst du Mir für Meine Liebe danken. Im Gehorsam gibst du mir alles, was du bist, und alles, was du hast, bedingunglos alles, was in deiner Macht liegt, so vollständig, daß dir nachher nichts mehr, überhaupt nichts mehr bleibt, was du Mir noch geben könntest.»

140 Wenn uns Gott durch den Mund seiner Stellvertreter zur Gnade des Priestertums ruft, so dürfen wir nicht ablehnen, trotz unserer Unwürdigkeit (allerdings erst, nachdem wir sie bekannt haben, damit der Stellvertreter Gottes, der uns die Gnade anbietet, in voller Kenntnis der Lage handeln kann); beeilen wir uns anzunehmen, nicht im Hinblick auf uns selbst, sondern im Hinblick auf Gott; denn nichts, was wir tun können, gereicht Gott – ohne vergleichen zu wollen – zu größerer Ehre; kein anderes Mittel ist so geeignet, Gott zu verherrlichen, als der Empfang der Priesterweihe; tragen wir das Verlangen danach, mit derselben Leidenschaftlichkeit, mit der wir Verlangen nach der Ehre Gottes tragen,

und allein im Hinblick auf sie; indem wir diesem Verlangen eine einzige Bedingung, eine einzige Grenze setzen, dieselbe, die wir unserm Wunsch nach Verherrlichung Gottes setzen: nämlich Seinen göttlichen Willen... Wie brennend wir auch wünschen, die Herrlichkeit Gottes möge nach außen in Erscheinung treten, so doch nur in dem Maß, innerhalb der Grenzen, in denen Gott selbst sie will. Wie brennend wir auch nach der Priesterweihe verlangen im Hinblick auf die Verherrlichung Gottes, wir wollen sie nur in dem Maß, innerhalb der Grenzen, in denen Gott selbst sie will, unter der Bedingung, daß es so Sein Wille ist.

141 [*An Mme de Bondy*]
Der Grund für diese Zustände der Trockenheit besteht fast immer in meiner Feigheit beim Widerstand gegen die Versuchungen; es sind vor allem Versuchungen gegen den geistigen Gehorsam; ich habe Mühe, meine Empfindungen zu unterwerfen; trotzdem handelt es sich um Geringfügiges: ich nehme die körperlichen Arbeiten, die man mir aufgibt, nicht mit genügender Freude an; das ist ein großer Mangel an Liebe; wenn ich wüßte, wie sehr mich dies unserm Herrn näher bringt, wie würde mich alles glücklich machen! ... Möge der Wille des Herrn geschehen und nicht der meine, ich sage es Ihm von ganzem Herzen; ich sage Ihm wenigstens, daß ich es Ihm von ganzem Herzen sagen will, denn ich fürchte, daß ich es Ihm nur von ganzem Munde sage; und doch ist es wahr, daß ich Seinen Willen allein begehre!

142 [*An dieselbe*]
Außer meinen geliebten Holzklötzen, für die ich kaum Zeit finde, ist mir die Aufsicht über den Bau einer Straße übertragen; ihr seht, man schreckt nicht davor zurück, mich zu Geschäften zu gebrauchen, von denen ich nichts verstehe... Welches Vertrauen meiner Obern in die Gnade Gottes und die Tugend des Gehorsams!

143 Wir müssen beten und nachdenken, um zu erfahren, welche freiwilligen Akte der Abtötung Gott von uns verlangt; und wir müssen unsern Beichtvater befragen und tun, was er uns sagt.

144 Richten wir uns nach Dem, der unser alleiniges Vorbild und unsre höchste Liebe sein soll. Für Einzelheiten müssen wir uns an das Gebet und unsre Überlegung halten und die Ratschläge unsres geistlichen Vaters befolgen.

145 Lieben heißt gehorchen; man muß gehorchen, und wenn der Gehorsam die Freiheit läßt, so oder so zu handeln, muß man das tun, worin mehr Liebe enthalten ist, aber immer innerhalb der Grenzen des Gehorsams.

146 Gehorchen wir wie Liebende, mit dem Eifer der Liebe und der Freiheit der Liebe, die sich nicht nur erwidert, sondern immer zuerst geliebt weiß.

147 Wie sehr müssen wir das Leiden, das Kreuz umfangen, wenn wir mit Jesus vereint sein wollen, der so arm, so verfolgt, so verachtet, so leidend, so sehr der Letzte von allen war, von der Krippe bis zum Kreuz.

148 Jesus wählt für jeden das Leiden, das sich in Seiner Schau am besten zur Heiligung eignet, und oft ist das Kreuz, das Er auferlegt, unter allen, die anzunehmen man bereit ist, das einzige, das man abgelehnt hätte, wenn man es wagte. Das eine, das Er gibt, ist immer jenes, das man am wenigsten versteht.

149 [*Der Herr spricht*]
«Denke, daß du als Märtyrer sterben mußt, ausgeraubt, nackt auf der Erde hingestreckt, bis zur Unkenntlichkeit entstellt, von Blut und Wunden bedeckt, auf gewalttätige und qualvolle Weise getötet... und wünsche, es möge heute geschehen... Bleibe fest im Wachen und im Tragen des Kreuzes, damit ich dir diese unendliche Gnade schenke. Erwäge, wie dein ganzes Leben zu diesem Tod hinführen muß; erkenne daraus die geringe Bedeutung so mancher Dinge. Denke oft an diesen Tod, um dich darauf vorzubereiten und die Dinge nach ihrem wahren Wert zu beurteilen.»

150 Ich habe im Tiefsten ein ständig wachsendes Gefühl, daß ich, um Gott zu verherrlichen und hienieden das Werk des himmlischen Vaters zu vollbringen, vor allem das Kreuz kosten soll, dessen Beispiel uns Jesus hinterlassen hat.

151 Dich dürstet, mein Gott... Körperlich, denn Du bist vom Fieber ermattet; Du hast Dein Blut verloren, Du erduldest unsagbare Schmerzen, Deine Kehle ist ausgetrocknet,

und zu all den Qualen kommt noch der Durst hinzu. Aber noch mehr dürstet Dich im Geist; Dein Herz ist verzehrt von dem Durst, der Dich auf die Erde getrieben hat, o allmächtiger Gott, von dem Durst, der Dich dreiunddreißig Jahre hier hat leben und auf Kalvaria hat sterben lassen, von dem Durst nach unsrer Rettung, nach unsrer Heiligung, der Dich Mensch werden, leben und sterben ließ. Dich dürstet nach uns, mein Gott, Dich dürstet nach unserm Heil, nach unserm ewigen Glück, o Gott der Güte! Dieser Durst hat Dich hierher geführt, hat Dich an dieses Kreuz genagelt. O Herz Jesu, welch Übermaß an Güte, welch Übermaß an Liebe; es ist die Heftigkeit Deines Verlangens nach unserm ewigen Glück, das Dich in diesem Augenblick so schmerzhaft schlagen läßt am Kreuz, um dessentwillen Du bald daran von dem Lanzenstich durchbohrt wirst.

152 [*An Mme de Bondy*]
Wir haben uns noch einmal gefragt mit Abbé Huvelin, warum ich in den Ordensstand eintreten will: um dem Herrn, so viel als möglich, vereint zu sein in seinen Leiden.

153 Leere dich aus; mache dich leer von Geschöpfen, vom Nächsten (um seinetwillen und um deinetwillen) und von dir selbst; so leerst du deine Seele vollkommen aus und gießest ihren Inhalt auf die Füße Gottes wie wohlriechende Narde; dann umfange die Buße, das Kreuz, töte den Körper, soweit es der Gehorsam dir erlaubt; indem du so den Körper tötest, zerbrichst du das Gefäß, das du zuvor geleert hast.

154 Voll Verlangen, Liebe und Freude die Kälte, die Hitze, alles ertragen, um Gott ein größeres Opfer anbieten zu können, um Jesus näher vereint zu sein, Ihn besser durch ein übriges an Leiden verherrlichen zu können... Je mehr es uns an allem gebricht, je mehr gleichen wir dem gekreuzigten Jesus...

155 Uns nicht über den Besitz freuen, sondern über die Entbehrung, über den Mißerfolg und den Mangel, denn so haben wir das Kreuz und die Armut Jesu, die größten Güter, welche die Erde schenken kann.

156 Verteidigen wir diejenigen, die uns anvertraut sind, mit Worten und Taten, wie unser Herr in Gethsemane... Verteidigen wir auch die unschuldig Angegriffenen, die ungerecht von Gewissenlosen Unterdrückten. Auf welche Weise, wann, wie? Je nach den Umständen: die allgemeine Regel, der Grundsatz, nach dem man bei solchen Gelegenheiten handeln soll, ist das Beste zum Wohl der Seelen... Aber verteidigen wir uns selbst nicht; wenn man uns angreift, können wir zwei, drei Worte sagen, um womöglich unsern Angreifer zur Besinnung zu bringen und Gott dadurch eine Beleidigung zu ersparen, wie unser Herr es hier (in Gethsemane) und bei anderer Gelegenheit tut; aber nach diesen zwei Worten wollen wir nach Seinem Beispiel schweigend und wehrlos standhalten «wie das Lamm, das sich scheren und schlachten läßt, ohne zu klagen», und keinen Widerstand leisten.

157 [*An einen Freund*]
Machen Sie sich keine Sorgen darüber, daß ich allein bin, ohne Freund, ohne geistlichen Beistand; ich leide nicht im geringsten unter dieser Einsamkeit, ich empfinde sie als etwas sehr Schönes; ich habe das Sakrament, den besten der Freunde, mit dem ich Tag und Nacht sprechen kann; ich habe die Mutter Gottes und den heiligen Joseph, ich habe alle Heiligen; ich bin glücklich, und es fehlt mir an nichts. Wie weise teilt Gott jedem sein Kreuz zu! Ich erröte, daß das meine so leicht ist. Ich muß – das ist gewiß wahr – ein sehr schlechter, sehr feiger, sehr schwacher Knecht sein.

158 [*An seinen Schwager M. de Blic*]
Das Glück des Landlebens besteht darin, daß man alle um

sich sammeln kann, die man liebt; immer die um sich zu haben, die man liebt, das tut dem Herzen wohl... Warum bin ich so weit fortgegangen, werden Sie mir sagen, wenn ich dies Glück so stark empfinde? Ich habe keineswegs die Freude gesucht; ich habe danach getrachtet, Jesus, der uns so sehr geliebt hat, zu folgen, gezogen vom «Duft seiner Wohlgerüche»... und wenn es mir zur Lust geworden ist, Ihm zu folgen, so geschah es ohne mein Zutun. Aber diese Freuden hindern mich nicht, einen tiefen Schmerz darüber zu empfinden, daß ich von allen getrennt bin, die ich liebe.

159 Die Seligkeit und der Friede sind so unergründlich, so göttlich, wenn man sich immer tiefer in das Herz des Herrn und in seine reine Liebe versenkt... und der Schmerz und das Leid sind so groß, sobald man nur ein wenig daraus auftaucht oder gar sich davon entfernt.

160 Lassen wir uns nicht betrüben durch unsre Kreuze, sondern danken wir Gott dafür als für auserlesene Geschenke, für seine kostbarsten Wohltaten, da sie Gelegenheiten sind, Ihn zu verherrlichen und zu lieben; und hegen wir ein brennendes Verlangen danach, entsprechend dem Maß, in dem Er sie uns geben, von uns geliebt und verherrlicht sein will; bitten wir Ihn in diesem selben Maß darum.

Seien wir auch nicht betrübt über die Kreuze, die dem Nächsten auferlegt werden; es wäre gegen die Liebe, die wir Gott schulden, wenn wir uns betrübten über das, was sein Wille ist; es wäre auch gegen die Liebe, die wir den Menschen schulden, wenn wir uns betrübten über das, was Gott ihnen zu ihrem Heil schickt; denn wir wissen ja, daß es für sie eine Quelle himmlischer Güter ist und ein unerläßliches Mittel zur Verherrlichung Gottes und zur Gewinnung Seiner Liebe: «Liebt den Nächsten wie euch selbst»; trauern wir nicht für andere über etwas, wovon wir wissen, daß es wohltuend und notwendig ist, sowohl für sie wie für uns. Aber stehen wir ihnen bei in ihren Leiden mit allen nur möglichen Mitteln, nach dem Beipiel des guten Samariters, des Simon von Cyrene, der heiligen Veronika; wie wir selbst wünschten, daß man uns beistände; wie der Herr wollte, daß Seine Jünger «mit ihm wachten» in Seinem Todeskampf, und wie Er selbst jene getröstet, verteidigt und geheilt hat, die ihm nahestanden, und ihnen auf alle mögliche Weise Gutes getan hat.

Gleichen wir unsern Willen dem Willen Gottes an; wollen wir alles auch, was Er will; betrüben wir uns nicht über das, was Er will, was Ihn verherrlicht und was zum Heil der Seelen geschieht; jeder Schmerz ist von Gott in dieser Absicht gesandt. Tun wir daher unser Bestes, ohne Schmerz und Beunruhigung unsern Brüdern das Kreuz tragen zu helfen, das Gott ihnen schickt; denn dadurch gehorchen wir Jesus, indem wir Ihn nachahmen und Ihm selber Linderung bringen in Seinen Gliedern.

161 [*An Mme de Bondy*]
In dieser traurigen Welt besitzen wir im Grunde ein Glück, das weder die Engel noch die Heiligen kennen, nämlich mit unserm Geliebten, für unsern Geliebten leiden zu dürfen. Wie hart das Leben sein mag, wie lang diese traurigen Tage dauern mögen, wie tröstlich der Gedanke an das gelobte Tal Josaphat auch sei, wir wollen nicht danach drängen, den Fuß des Kreuzes eher zu verlassen, als Gott es will... Gutes Kreuz, sagt der heilige Andreas. Da unser Meister sich gewürdigt hat, uns zwar nicht immer seine Süße, aber doch seine Schönheit wahrnehmen zu lassen und seine Notwendigkeit für den, der Ihn lieben will, so wollen wir keinen Augenblick eher davon abgenommen werden, als Er es wünscht ... Und doch, Gott weiß, wie sehr mir der Tag willkommen sein wird, an dem diese Verbannung zu Ende geht; denn die Kraft ist eher in meinen Worten als in meinem Herzen.

162 Die Sinne schaudern vor dem Leiden, der Glaube preist es als ein Geschenk aus der Hand des Herrn, einen Teil Seines Kreuzes, das er uns aus Gnade tragen läßt.

163 Meine *Angst* vor dem Kreuz überwinden und großmütiger sein in der Abtötung... Brennender danach verlangen, Gott mit der größten Liebe zu lieben...

164 Wenn wir Gott maßlos lieben, wenn wir Ihn aus allen unsern Kräften verherrlichen wollen, dann müssen wir leiden wollen «bis zum Tod» wie Jesus.

165 Gott über alles lieben, den Nächsten lieben wie sich selbst, um Gottes willen... Darin besteht alle Religion;... wenn wir uns in Demut, Beständigkeit und Milde bemühen, wächst diese zwiefache Liebe in uns. Je wärmer und reiner sie in uns ist, um so heller strahlt sie aus, um so mehr werden wir Gutes wirken.

166 Wirklich den Glauben besitzen, den allem Tun innewohnenden Glauben, jenen Glauben an das Übernatürliche, der die Welt ihrer Maske beraubt und Gott in allen Dingen zeigt; der jedes Unvermögen schwinden läßt, der bewirkt, daß die Worte Beunruhigung, Gefahr, Furcht keinen Sinn mehr haben; der uns im Leben mit Ruhe, Frieden und einer tiefen Freude vorangehen läßt, wie ein Kind an der Hand seiner Mutter; der in der Seele jene vollkommene Loslösung von allen sinnenfälligen Dingen bewirkt, die deren Nichtigkeit und Unfertigkeit klar erkennt; der ein großes Vertrauen ins Gebet einflößt, das Vertrauen des Kindes, das seinen Vater um eine gerechte Sache bittet; jenen Glauben, der uns zeigt, daß außer dem Bemühen zu tun, was Gott angenehm ist, alles Lüge ist; jenen Glauben, der alles in einem andern Licht zeigt: die Menschen als Ebenbilder Gottes, die man lieben und ehrfürchtig behandeln muß als die Bildnisse unseres Geliebten und denen man soviel Gutes tun muß wie möglich; die andern Geschöpfe als Anlässe, die uns ohne Ausnahme helfen sollen, den Himmel zu gewinnen, indem wir Gott um ihretwillen preisen, uns je nachdem ihrer bedienen oder ihnen entsagen –; jenen Glauben, der uns zeigt, wie klein wir sind, indem er uns die Größe Gottes ahnen läßt; der uns dazu treibt, ohne Zögern, ohne Erröten, ohne Furcht, ohne jemals zurückzuweichen, alles zu unternehmen, was Gott wohlgefällig ist. Wie selten ist dieser Glaube! Mein

Gott, gib mir diesen Glauben. Mein Gott, ich glaube, aber laß meinen Glauben immer größer werden. Mein Gott, gib, daß ich glaube und liebe, ich bitte Dich darum im Namen unsres Herrn Jesus Christus.

167 Welches ist denn dieser Friede, den die Welt nicht gibt? Es ist der Friede, den Deine Liebe verleiht; der Friede der Welt ist der Friede abseits von Leiden, Feindschaften, Verfolgungen und Drangsalen; Dein Friede bedeutet Gleichmut in Leiden, in Feindschaft, in Verfolgung, in Drangsal, in allen schmerzlichen Erfahrungen des Übels, es ist der tiefe und überfließende Friede der Seele, die Dich liebt inmitten all dieser Übel... Gehen wir ein in diesen Frieden, indem wir in die Liebe Gottes eingehen: die beiden sind unzertrennlich miteinander verbunden, der Friede ist die Wirkung und das Zeichen der göttlichen Liebe... Wenn wir Gott so lieben, daß wir nicht mehr in uns leben, sondern in Ihm, wird unser Herz sich nicht mehr betrüben und nicht mehr fürchten; denn wir beschäftigen uns nicht mehr mit uns selbst, sondern nur noch mit Ihm... Mögen wir von Drangsalen überschüttet werden, was tut's! *Er* ist glücklich.

168 Wenn wir den Herrn lieben, leben wir viel mehr in Ihm als in uns; wir vergessen, was uns angeht, und denken nur noch an das, was Ihn angeht.

169 [*Der Herr erklärt das Liebesgebot*]
«Lieben, das bedeutet vielerlei Dinge, die sich je nach dem Charakter und nach den Gaben Gottes voneinander unterscheiden. Gott gibt bald dieses, bald jenes Gefühl; der einen Seele gibt er dies zu kosten, der andern jenes. Er läßt dieselbe Seele zur einen Zeit die eine Empfindung, zu einer andern Zeit ein andere verspüren und alles in sehr unterschiedlichem Grad; alle diese Empfindungen gehören zur Liebe, sie sind ihre tatsächlichen Auswirkungen, wir aber nehmen sie

mehr oder weniger wahr, je nach dem Willen Gottes, nach Seiner Gnade und unsrer Bereitschaft, diese Gnade zu empfangen. Zu diesen Empfindungen, deren Zahl unendlich groß ist und die alle zur Liebe gehören, rechnet man vor allem das Verlangen, den Geliebten zu sehen, zu kennen, Ihn zu besitzen, von Ihm geliebt zu werden, Ihm zu gefallen, das Verlangen, Ihm Gutes zu tun, Ihn zu loben; die Bewunderung, das Verlangen Ihn nachzuahmen, von Ihm gebilligt zu werden, Ihm in allem zu gehorchen, Ihn glücklich zu sehen, alles in Seinem Besitz zu sehen, was gut und vorteilhaft für Ihn ist, das Verlangen, mit einem Wort, nach allem Guten für Ihn; der Wunsch, für Ihn zu leiden, mit Ihm zu leiden, Seine Arbeiten, Sein Leben, Seine Lage zu teilen, die Seele ganz der Seinen gleichzugestalten, sich Ihm zu geben, nur für Ihn zu leben, zu atmen, Ihm zu dienen; den Schmerz über seine Leiden, die Freude an Seinem Glück, den Schmerz über alles, was Ihn bekümmert, in der Gleichförmigkeit mit Ihm; die Freude an dem, was Ihn erfreut... Alle diese Empfindungen sind Auswirkungen der Liebe, gehören zur Liebe, sind in der Liebe enthalten, aber alle sind sie nicht die Liebe; eine einzige unter ihnen ist wirklich die Liebe an sich, nämlich jene, die darin besteht, leidenschaftlich und über alles nach dem einen zu verlangen, so sehr, daß alles Übrige nicht mehr zählt und man nur noch für die Erfüllung dieses einen Wunsches lebt: das Wohl des geliebten Wesens.»

170 Jesus genügt: Wo Er ist, fehlt nichts. Wie teuer uns auch jene sind, in denen ein Strahl von seinem Glanz aufleuchtet, Er bleibt das Ganze; Er ist das Ganze in der Zeit und der Ewigkeit. Welch ein Glück bedeutet es für uns, ein Ganzes zu haben, das nichts uns rauben kann und das uns allezeit gehören wird, es sei denn, wir selbst ließen es im Stich.

171 Mein Gott, ich bitte Dich um die große Gnade, mir das dauernde Gefühl Deiner Gegenwart zu verleihen, Deiner

Gegenwart in mir und in meiner Umgebung... und gleichzeitig jene ängstliche Liebe, die man in der Gegenwart dessen empfindet, was man leidenschaftlich liebt, und die bewirkt, daß man angesichts der geliebten Person kein Auge von ihr wenden kann, erfüllt von einem großen Verlangen und einem unbedingten Willen, alles zu tun, was ihr gefällt, alles, was für sie gut ist, und einer großen Furcht, das Geringste zu tun, zu sagen oder zu denken, was ihr mißfällt oder wehtut...

172 [*Der Herr spricht*]
«Du fragst mich, womit du Mich am meisten beleidigst... Damit, daß du Mich nicht rein, nicht ausschließlich genug liebst, daß du dich selbst und die andern Geschöpfe um deinet- und um ihretwillen liebst... Tue nichts um deinetwillen, um der Geschöpfe willen, aus Liebe zu dir, aus Liebe zu ihnen; in allem, was du zu tun hast, sollst du nur Mich allein sehen, in allem dich ausschließlich fragen, was der Meister getan hätte, und dasselbe tun. So wirst du Mich allein lieben – so werde ich in dir leben – so wirst du dich in Mir verlieren, in Mir leben, nichts mehr von dir haben; und mein Reich wird in dir angekommen sein.»

173 Der Herr allein verdient es, leidenschaftlich geliebt zu werden... Glückselige Ruinen, die uns früher und vollständiger in diese Wahrheit stürzen...

174 Schaffe Du alles in uns, Mein Gott. Wir sind lauter Elend und Nichts. Alles, was wir haben müssen, gib es uns. Gib uns jenen Mut, der uns Gesundheit, Leben, Gefahr, alles was den Körper angeht, verachten läßt, und gib uns jene Liebe, die uns dazu treibt, uns in Dir zu verlieren, von uns selbst leer zu machen, von Dir erfüllt zu sein, jene Liebe, welche die wahre Loslösung schenkt, die wahre Armut des Geistes, weil sie die Seele von allem leer macht

und den ganzen Platz für Dich allein läßt, mein Herr und mein Gott.

175 [*Der Herr spricht*]
«Wenn ich einmal voll und ganz in euch herrsche, dann richte ich Mich in eurer Seele ein, und ich gebe allem, was ich darin sehen möchte, seinen Platz, wie ein Hausbesitzer in seinem Haus die Möbel aufstellt, die er darin haben will. Ich stelle Meine Tugenden darin auf, meine Güte; und das erste, was ich aufstelle in diesem Haus eurer Seele, das ihr Mir bereitet habt, das erste, was ich darin haben will und was ihr für Mich im Hinblick auf Mich zu Meiner Verfügung bewahren müßt, um Mir zu gehorchen, das ist die Liebe zu allen Menschen, zu euch selbst und zu allen andern.»

176 Ahmen wir unsern Herrn nach. Vergessen wir uns selbst. Vergessen wir uns zunächst für unsern Herrn und dann, Seinem Beispiel folgend, für Seine Kinder, für die Kinder, die «Er bis ans Ende geliebt hat» und die wir ebenfalls «bis ans Ende lieben» müssen, um Jesu willen, indem wir jeden Augenblick unsres Lebens das tun, was Ihm gefällt; nur für Ihn atmen, für Ihn leben; in allem nicht unsern Willen, sondern den Seinen tun, nicht unsern Vorteil, sondern den Seinen suchen, in nichts für uns selbst leben noch für irgendein Geschöpf, sondern ausschließlich und allein für Seine Liebe; indem wir Ihm unser Herz ganz übergeben und jeden Augenblick unsres Lebens, alle unsre Gedanken, unsre Worte und unsre Taten dazu benützen, Ihm soviel wie möglich zu gefallen, in Ihm, durch Ihn und für Ihn allein. Und vergessen wir uns selbst, nach Seinem Beispiel und um Seinetwillen, für seine geliebten Kinder, indem wir jederzeit für alle Menschen wie für uns selbst beten und jederzeit ihr materielles und geistiges Wohl ebenso sehr ersehnen wie das unsre. «Wer alle Menschen liebt wie sich selbst», vergißt

sich gründlich, und es bleibt ihm sehr wenig Zeit für sich selbst.

177 Lieben wir alle Menschen um der Tugend der Güte willen, jener Güte, die eine göttliche Eigenschaft und folglich Gott selber ist und die darin besteht, alles zu lieben, was man lieben kann, das heißt alles, was gut ist; es so sehr zu lieben, wie man es lieben kann (indem man in den Geschöpfen um Gottes willen mit einer rein göttlichen Wärme des Herzens das Gute liebt, das Gott in sie gelegt hat), und ihm soviel Gutes anzutun, wie es mit Hilfe der Gnade Gottes geschehen kann; schließlich auch, um Gott sogar in seinen Geschöpfen zu lieben; denn wir lieben nicht alles in den Geschöpfen; das Übel, die Fehler, die Unvollkommenheiten, die in allen sind, lieben wir nicht, sondern nur das Gute in ihnen; da aber alles Gute in ihnen von Gott kommt, stammt alles von Gott, was wir in ihnen lieben. Wenn wir daher sagen, wir lieben die Geschöpfe, wollen wir nicht sagen, daß wir alles an ihnen lieben, sondern alles Gute, was Gott in sie hineingelegt hat, das ganze Werk Gottes, die ganze Tätigkeit Gottes, d. h. Gott selbst, wie Er in ihnen wirkt, Gott selbst, wie Er sie durch irgend etwas an Seiner Vollkommenheit teilnehmen läßt, Gott selbst, wie Er ihnen einen Abglanz seiner Heiligkeit verleiht, Gott selbst, wie Er nicht nur kraft Seines Wesens in ihnen gegenwärtig ist – gleich wie in allem, was das Sein hat, auch in den Dämonen –, sondern wie Er in ihnen wirkt, um sie zu bereichern, mit Seinen eigenen Kleinodien zu schmücken und in etwa und irgendwo offenbar wird in ihnen in der Schönheit, mit der Er sie bekleidet, und die ein Widerschein Seiner eigenen Schönheit ist.

178 [*An de Castries*]
Man liebt zwar alle Menschen, und man liebt sie so sehr, daß man von Herzen gern sein Leben für jeden einzelnen hingeben würde; aber man liebt sie um Gottes willen, der sie vä-

terlich liebt, gleichwie wir die Kinder eines leidenschaftlich geliebten Menschen lieben...

179 [*Der Herr über die Gebote des Neuen Testamentes*]
«Alle diese Gebote sind Liebesgebote, Meine Kinder, und sie können euch nicht erstaunen, wenn ihr wirklich versteht, ein für allemal, daß alle Menschen zusammen nur eine und dieselbe Familie bilden mit Gott als dem gemeinsamen Vater, Schöpfer, Erhalter, gleicherweise dem Vater aller: Er liebt die Menschen alle unvergleichlich viel mehr als der zärtlichste Vater seine Kinder... Und Er will, daß zwischen diesen Kindern und diesen Getreuen, zwischen allen, die ohne Ausnahme so herzlich geliebt werden, jene Eintracht, jene Liebe, jene Zärtlichkeit und wenn nötig jene Nachsicht und allzeit nachgiebige Güte herrsche, die ein zärtlicher Vater unter seinen Kindern zu sehen wünscht... So wünscht Er, daß man sich gegenseitig nachgebe, einander helfe, ohne Berechnung, daß jeder von seinem Recht ablasse, ohne je im geringsten darauf zu bestehen; daß man dem fehlbaren Bruder nachgebe, um ihn durch Milde zu bessern und den Frieden in der Familie zu bewahren, einzig indem man für ihn betet, damit er seinen Fehler erkenne...

Ihr seht, ich habe euch dies alles nur deshalb empfohlen, damit der Friede und die Liebe unter allen den Brüdern herrsche, welche die große Menschenfamilie bilden...

Befolgt immer alle diese Vorschriften und bewahrt im Innern eurer Seele, tief eingeschrieben, die Grundwahrheit, aus der alle andern hervorgehen: alle Menschen sind wirklich und in Wahrheit *Brüder* in Gott, ihrem gemeinsamen Vater, und Gott will, daß sie sich gegenseitig betrachten, lieben und in allem behandeln wie die zärtlichsten Brüder.

180 [*An de Castries*]
Diese innere Empfindung des Trostes hindert mich nicht daran, an die zu denken, die ich liebe, teurer Freund: im Ge-

genteil, sie verbindet mich enger mit ihnen. Deus caritas est. Und je mehr man sich bemüht, Gott zu lieben, um so größer wird unweigerlich die Liebe zu denjenigen, die Gott so sehr liebt.

181 [*An Mme de Bondy, Anweisung für eine Kasel*]
Danke von ganzem Herzen dafür, daß Du mir eine Kasel anfertigen willst. Versuche sie ganz weiß zu machen, außer dem hellroten Herzen, dem kleinen braunen Kreuz, den Flammen rund um das Kreuz, die aus dem Herzen hervorgehen, und den gelben Strahlen, die weithin leuchten; mache ein richtig strahlendes Kreuz... Für das Futter eignet sich Altgold sehr gut; weiß wäre zu empfindlich, und da die goldene Farbe das Sinnbild der Liebe ist, wird mich dies goldene Futter daran erinnern, daß ich im Innern ganz Liebe sein, ganz damit ausgeschlagen sein muß wie diese Kasel...

182 [*Am Fest des heiligen Augustinus*]
Seit ein oder zwei Tagen bin ich unentschieden, ja beunruhigt darüber, wie ich die Stunden für gewisse Gebete legen soll, und ich habe dich gebeten, großer Heiliger, mir das Richtige einzugeben, mein geistlicher Führer in all diesen Dingen zu sein, da mein irdischer so weit weg ist und ich ihn nicht um Rat fragen kann, wie ich möchte.

Mir scheint, du habest mir ohne Unterlaß geantwortet: «Ama et fac quod vis»: das heißt, wenn ich nur liebe, so ist das alles bedeutungslos und weiter nicht wichtig zu nehmen. Ich muß meine Sorgfalt, mein Studium, meine Arbeit darauf verwenden, im Innern meiner Seele so viel wie möglich den Gott zu lieben, der darin wohnt, und nicht versuchen, auf diese oder jene Weise die äußerlichen Dinge zu regeln und beständig zu ändern. Wenn sie so eingerichtet sind, daß sie in mir die Liebe zu Gott fördern, so genügt das; ändern wir nichts daran, beschäftigen wir uns nicht damit.

Mir scheint, du wolltest mir auch zu verstehen geben, die Angelegenheit sei dadurch, daß sie mich in eine Art Unruhe und Zerstreuung versetzt habe, von Übel, und diese Gedanken seien wahrscheinlich nur eine List des Teufels, um mich zu stören und daran zu hindern, Gott in aller Ruhe im Tabernakel meiner Seele zu lieben.

183 [*An Mme de Bondy*]
Nun sind wir beide an der Pforte der Ewigkeit angelangt. Man glaubt sich hier beinahe davor, angesichts der beiden Unendlichkeiten des weiten Himmels und der Wüste: Du, die so gern der Sonne zusieht, wenn sie in einem Gesang des Friedens und der ewigen Klarheit untergeht, Du würdest den Himmel und die weiten Horizonte dieser kleinen «Fraternité» lieben. Aber die beste, die wahre Unendlichkeit, der wahre Friede ist zu Füßen des göttlichen Tabernakels. Dort ist unser ganzes Gut, nicht nur bildlich, sondern in Wirklichkeit; unsere Liebe, unser Leben, unser Alles, unser Friede, unsere Seligkeit; dort ist unser ganzes Herz und unsre ganze Seele, unsre Zeit und unsre Ewigkeit, unser Alles.

184 [*Der Herr spricht*]
«Diese innere, höhere tiefe Glückseligkeit, die dir das Gefühl Meines Glücks verleiht und die unzertrennlich mit einer erleuchteten Liebe verbunden ist, wird dich nicht daran hindern zu leiden, Mein Kind, zu leiden in der niedern Region deiner Seele und deines Körpers; auch Mich hat die Schau der Glückseligkeit, die Mir als Mensch verliehen war, nicht daran gehindert, das Kreuz zu tragen und viel zu leiden in Meiner Seele und in Meinem Herzen; nicht nur wird dies innere Glück dich nicht daran hindern zu leiden, es wird dir sogar erlauben, noch viel mehr zu leiden; es wird dir die Kraft geben, noch viel schwerere Kreuze zu tragen. Diese Seligkeit, ich schenke sie dir nicht, um dir dadurch jedes Kreuz zu ersparen, sondern um dich fähig zu machen, Kreuze

zu tragen, die viel schwerer lasten; ich gebe dir damit eine Quelle der Kraft, dank welcher du viel mehr wirst leiden können; diese Freude an Meinem Glück, welche auf dem Glauben allein beruht und der reinsten Wahrheit entspricht, die Mich selbst mein ganzes Leben lang erfüllt hat, sie geht mit Notwendigkeit hervor aus deinem Willen, dich zu vergessen und Mich allein zu suchen, aus der reinen Liebe, die vor allem darin besteht (nicht ausschließlich, aber vor allem), sich selbst zu vergessen und allem andern das Wohl des geliebten Wesens vorzuziehen. Diese Freude, welche zugleich eine Tugend und eine Gnade ist, widerspricht in dem Maß der Lehre vom Kreuz, vom Kampf, von der Mühe, von den Leiden des Lebens, als sie zugleich Wirkung und Ursache des Kreuzes ist: Wirkung, weil sie aus der völligen Selbstvergessenheit erwächst wie die Blume aus dem Stengel, Ursache, indem sie gestattet, dank ihrer Kraft viel schwerere Kreuze, viel größere Leiden zu tragen und viel härtere Mühen auf sich zu nehmen.

185 Wenn man leiden und lieben kann, kann man viel; es ist das größte, was man auf der Welt vermag; man spürt, daß man leidet, man spürt nicht immer, daß man liebt, und dadurch wird das Leiden noch schwerer; aber man weiß, man möchte lieben, und lieben wollen heißt lieben. Es dünkt einen, man liebe nicht genug – das ist wahr, man wird nie genug lieben –; aber der liebe Gott, der weiß, aus welchem Kot Er uns geknetet hat und der uns noch viel mehr liebt, als eine Mutter ihr Kind lieben kann, hat uns gesagt, Er, der nicht stirbt, daß Er den nicht verstoßen wird, der zu Ihm kommt...

186 Es wäre zu schön zu verspüren, daß wir den Herrn lieben, daß wir von Ihm geliebt werden und Sein Glück mitempfinden; wenn wir das verspürten, wäre die Erde ein Himmel. Begnügen wir uns damit, es zu wollen und zu wissen, mit mehr Anstrengung und weniger Empfindung...

# GEBET

187 Mein Vater, ich überlasse mich Dir, tue mit mir nach Deinem Gefallen. Was immer Du tun magst mit mir, ich danke Dir. Ich bin bereit zu allem, ich nehme alles an, wenn nur Dein Wille in mir geschieht und in all Deinen Geschöpfen. Ich habe kein anderes Verlangen, mein Gott. Ich lege meine Seele in Deine Hände. Ich gebe sie Dir, mein Gott, mit der ganzen Liebe meines Herzens, weil ich Dich liebe und aus Liebe danach verlange, mich hinzugeben, mich in Deine Hände zu legen, ohne Maß, mit einem unendlichen Vertrauen, denn Du bist mein Vater.

# ANHANG

# KURZER LEBENSLAUF

Charles de Foucauld kam am 15. September 1858 in Straßburg zur Welt. Schon mit sechs Jahren verlor er kurz hintereinander seinen Vater, der einem alten Adelsgeschlecht des Périgord entstammte, und seine Mutter, eine vornehme Lothringerin. Daher kam er mit seiner Schwester zur Erziehung in das Haus der Großeltern mütterlicherseits; er besuchte das Gymnasium in Straßburg und Nancy und trat dann zur Vorbereitung auf die Offiziersschule von Saint-Cyr in ein Jesuitenkolleg in Paris ein, aus dem er aber wegen schlechten Betragens entlassen wurde. Trotzdem bestand er die Aufnahmeprüfung für Saint-Cyr. Die Zeit, die ihm neben der Ausbildung zum Offizier und dem Dienst noch blieb, verbrachte er großenteils in Gelagen mit gleichgesinnten Kameraden, und vorübergehend mußte er seiner Beziehungen zu einer Frau wegen vom Dienst suspendiert werden. Als man ihm im Jahre 1882 einen Urlaub für eine Forschungsreise nach Marokko verweigerte, reichte er kurzerhand seine Demission ein und begab sich auf eine zweijährige Expedition ins Innere der Sahara. Nach Paris zurückgekehrt, veröffentlichte er einen wissenschaftlichen Expeditionsbericht mit wertvollen Angaben über unerforschte Gebiete Marokkos.

Durch die Berührung mit dem Islam war sein Interesse für religiöse Fragen geweckt worden: im Jahre 1886 kehrte er zur Kirche zurück. Er unternahm eine Reise nach Palästina und trat nach seiner Rückkehr 1890 in das Zisterzienserkloster Notre-Dame de la Neige in der Ardèche ein. Im Anschluß an das zweijährige Noviziat verbrachte er auf Wunsch seiner Obern ein Jahr in Rom und studierte an der Gregoriana Theologie. Während dieses Aufenthaltes jedoch ließ er sich durch den Generalobern des Ordens von seinen einfachen Gelübden entbinden; statt dessen legte er ein privates Gelübde der Jungfräulichkeit und der Armut ab.

Nach einem erneuten, längeren Aufenthalt in Palästina folgte am 9. Juni 1901 in Frankreich die Weihe zum Priester. Hierauf bat Foucauld den Superior der Weißen Väter in Algier, den damaligen

*Apostolischen Präfekten der Sahara, um die Erlaubnis, sich in Afrika niederzulassen; von 1901 bis 1916 weilte er als unabhängiger Missionar in Algerien, zuerst in der Garnison von Beni-Abbès, von wo aus er wiederholt Offiziere der französischen Truppen auf ihren Erkundungsritten ins Innere des Landes begleitete, dann elf Jahre lang als Einsiedler in der Gebirgswüste des Hoggar in Tamanrasset. Dort wurde er während des Ersten Weltkrieges am 1. Dezember 1916 von aufständischen Eingeborenen getötet.*

## ZUR BIBLIOGRAPHIE

Die Texte entstammen folgenden Veröffentlichungen aus den hinterlassenen Schriften und über die Gestalt Charles de Foucaulds:

1. Ecrits spirituels. Gigord, Paris 1933 ES
2. Nouveaux écrits spirituels. Plon, Paris 1950 NES
3. Lettres à Henry de Castries. Grasset, Paris 1938 C
4. Vingt-cinq lettres inédites. Bonne Presse, Paris 1947 LI
5. Pensées et maximes, Ed. du Vieux Colombier, Paris 1953 PM
6. Sur les traces de Charles de Foucauld, par G. Gorré, Ed. de la Plus grande France, Paris/Lyon 1936 G
7. La vraie figure du Père de Foucauld, par Paul Lesourd, Flammarion, Paris 1933 L
8. Bulletin de l'Association Charles de Jésus, No 103, Paris 1956 B

# NACHWEIS DER ÜBERSETZTEN STELLEN

## *Demut*

[1] ES 55, [2] ES 127, [3] ES 215, [4] ES 120, [5] NES 115, [6] NES 232, [7] ES 189, [8] G 102, [9] ES 210, [10] ES 211, [11] PM 54, [12] PM 56, [13] PM 59, [14] ES 163

## *Gebet*

[15] ES 160, [16] PM 22, [17] C 106, [18] C 89, [19] ES 26, [20] ES 27, [21] ES 6, [22] ES 182, [23] ES 220, [24] PM 28, [25] NES 164, [26] ES 11, [27] ES 161, [28] ES 23, [29] NES 173, [30] ES 28, [31] PM 55, [32] ES 159, [33] NES 165, [34] NES 174, [35] NES 166, [36] ES 22, [37] ES 10, [38] ES 7

## *Gebet und Apostolat*

[39] ES 25, [40] NES 17, [41] NES 77, [42] ES 114, [43] NES 31, [44] ES 114, [45] ES 121, [46] NES 104, [47] ES 229, [48] G 218, [49] G 160, [50] ES 13, [51] C 83, [52] G 86, [53] C 156, 54 ES 235

## *Das Apostolat durch Gegenwart*

[55] ES 129, [56] PM 61, [57] NES 212, [58] PM 72, [59] NES 225, [60] PM 81, [61] PM 78, [62] PM 78, [63] PM 80, [64] C 122, [65] C 154, [66] C 176, [67] PM 46, [68] C 156, [69] C 142

## *Schwierigkeiten im Apostolat*

[70] ES 238, [71] LI 78, [72] LI 91, [73] PM 42, [74] ES 258, [75] PM 68, [76] C 100, [77] ES 177

## *Selbstheiligung*

[78] L 178, [79] NES 167, [80] ES 231, [81] ES 236, [82] ES 242, [83] PM 45, [84] PM 76, [85] PM 80, [86] L 193

## *Wahl*

[87] PM 24, [88] PM 34, [89] PM 35, [90] G 87, [91] G 82, [92] G 85, [93] G 82, [94] ES 135, [95] NES 117, [96] ES 203, [97] ES 171, [98] ES 205, [99] ES 207, [100] ES 212, [101] ES 247, [102] ES 251, [103] ES 266, [104] NES 103

## *Armut*

[105] ES 107, [106] ES 176, [107] PM 51, [108] PM 51, [109] PM 50, [110] PM 50, [111] ES 212, [112] NES 14, [113] NES 55, [114] NES 56, [115] PM 50, [116] PM 51, [117] ES 41, [118] ES 211, [119] ES 240

## *Gehorsam*

[120] ES 121, [121] ES 215, [122] PM 18, [123] NES 195, [124] ES 230, [125] NES 223, [126] NES 69, [127] PM 34, [128] C 105, [129] PM 34, [130] NES 71, [131] NES 71, [132] NES 86, [133] NES 87, [134] NES 185, [135] ES 210, [136] PM 58, [137] NES 119, [138] PM 33, [139] NES 154, [140] NES 198, [141] G 75, [142] G 80, [143] PM 34, [144] PM 33, [145] PM 56, [146] PM 57.

## *Kreuz*

[147] PM 87, [148] PM 88, [149] ES 172, [150] ES 177, [151] NES 190, [152] G 69, [153] NES 145, [154] ES 212, [155] ES 213, [156] NES 175, [157] ES 233, [158] G 85, [159] ES 234, [160] NES 88, [161] G 73, [162] PM 85, [163] ES 176, [164] PM 85

## *Liebe*

[165] PM 20, [166] ES 38, [167] NES 155, [168] ES 184, [169] ES 156, [170] ES 242, [171] ES 51, [172] ES 171, [173] ES 242, [174] NES 30, [175] ES 158, [176] NES 186, [177] NES 161, [178] C 89, [179] ES 148, [180] C 145, [181] G 110, 182 NES 230, [183] G 157, [184] NES 208, [185] ES 244, [186] ES 239, [187] B 4.

# SAMMLUNG SIGILLUM

ANGELA VON FOLIGNO: *Zwischen den Abgründen*

ANGELUS SILESIUS: *Dich auftun wie die Rose.* – Auswahl aus dem Cherubinischen Wandersmann

ANSELM VON CANTERBURY: *Gebete*

AURELIUS AUGUSTINUS: *Psychologie und Mystik.* – De Genesi ad Litteram 12

CALDERON DE LA BARCA: *Das Große Welttheater*

CASSIODOR: *Vom Adel des Menschen*

CHARLES DE FOUCAULD: *Der letzte Platz*

DIONYSIUS AREOPAGITA: *Von den Namen zum Unnennbaren*

DIE WOLKE DES NICHTWISSENS

GRIECHISCHE APOLOGETEN DES ZWEITEN JAHRHUNDERTS

GREGOR VON NYSSA: *Der versiegelte Quell.* – Erläuterung des Hohenliedes

IGNATIUS VON ANTIOCHIEN: *Die Briefe*

IGNATIUS VON LOYOLA: *Die Exerzitien*

IRENÄUS: *Geduld des Reifens*

JOHANNES VOM KREUZ: *Die Gotteslohe.* – Auswahl aus seinen Werken

JOSEF VON GÖRRES: *Geist und Geschichte*

LADY JULIAN OF NORWICH: *Offenbarungen göttlicher Liebe*

MAURICE BLONDEL: *Logik der Tat*

MAXIMOS DER BEKENNER: *All-Eins in Christus*

MECHTHILD VON HACKEBORN: *Das Buch vom strömenden Lob*

PAULINUS VON NOLA: *Das Eine Notwendige*

THERESIA VON JESUS, JOHANNES VOM KREUZ: *Gedichte*

WILHELM VON SAINT-THIERRY: *Gott schauen – Gott lieben*

ANGELO RONCALLI: *Baronius*

ANTONIO ROSMINI: *Leitsätze für Christen*

Die Sammlung wird fortgesetzt